神の目覚めのギャラルホルン

～外れスキル《目覚まし》は、封印解除の能力でした～

2

Gjallarhorn awakening the Gods

Mayasu Hajime
真安 一
Illustration 四季童子

Gjallarhorn awakening the Gods

CHARACTER

リオン

『目覚まし』のスキルを持つ少年。
律儀に目覚まし屋の
仕事をこなしていたら、
自分のスキルが封印解除を
行えるようになる。

ソラーナ

リオンによる封印解除で目覚めた、
太陽の女神。
リオンを信徒として、様々な恩恵を
与えてくれるようになった。
ちょっと尊大だが根は慈悲深い。

ルイシア

リオンの妹。
原因不明の病気により
臥せっており、
リオンの助けによって
なんとか生きている。
兄想いで優しい妹。

パウリーネ

アスガルド王国第九王女。
オーディス神殿『鴉の戦士団』の
総長を務める神官の少女。

ミア

鎖の付いた斧を操る、冒険者の女。
依頼を受けてダンジョン探索の
護衛をするなど、
傭兵稼業をしている。
その腕は確か。

CONTENTS

第2章　神様の起こし屋

Gjallarhorn awakening the Gods

第2章　神様の起こし屋

Gjallarhorn
awakening the Gods

鴉の戦士団

見上げる夜空には、無数の星が輝いていた。

激戦のせいで、まだうまく立ち上がることができない。石畳の冷たさを感じながら、僕は神様の声を聞く。


――


冒険者よ、与えられたスキルを活かし、魔物を倒してください。

終末を繰り返さないために。


――


おそらく多くの冒険者に伝わっているだろう、神様からの全体メッセージ。

それは少なくとも三回、繰り返されたみたいだった。

「終末……？」

それってなんだろう。

夜はまだ深い。なのに周囲が明るいのは、魔力の残滓《ざんし》がきらめいているからだ。

強大な魔物スコルと、力を取り戻した太陽神ソラーナ。戦いによって魔力と魔力がぶつかりあい、飛散して、僕らの周りに輝きとして残っている。

「リオン」

肩を揺《ゆ》さぶられる。はっとして、ずっとへたり込んでいたことに気づいた。

「ミアさん……」

結った赤毛をかいて、ミアさんは手を差し伸べた。右腕にまかれた鎖《くさり》がじゃらっと揺れる。

「立てるかい？」

現実感が戻ってきた。

顎《あご》を引いて立ち上がる。視界が高くなると、改めて街がどうなったか突きつけられた。

「ひどい……」

ずたずただった。

密集していた建物は燃えたり崩れたりして、大きな爪が削ぎ落としていったようにあちこちで街並みが欠けていた。城壁まで見通せてしまうところさえある。

僕らの近くに次々と怪我人が運ばれてきた。冒険者以外の人も、大勢巻き込まれている。

「た、助けないと……！」

頭に声が響く。

『ならば、シグリスをお使いください』

〈スキル：薬神の加護〉を使用しました。
『ヴァルキュリアの匙《さじ》』……回復。魔力消費で範囲拡大。

ポケットから光が飛び出して、空中に鎧《よろい》姿の女性が現れた。彼女が抱えるのは、大きな匙。薙ぎ払うように一振りすると、白い光がふりまかれる。

優しい輝きが傷ついた人を包み込んだ。

「……痛く、ない？」

怪我人の一人が言うと、次々に似たような声があがる。冒険者達は顔を見合わせていた。

「へ？　どうしたんだ？」

「な、治った……？　みたいです……？」

異変はまだ続く。

立ち上がった時から、不思議な感覚があった。

耳が妙にはっきり聞こえる。集中すると、焼け跡で炎がくすぶる音、瓦礫《がれき》の裏で話す声、そんな音や気配を次々と捉えることができた。嗅覚だって鋭い気がする。

焦げ臭さと一緒に、誰かの泣き声。

「……あっちです」

僕は遠い焼け跡を左手で示した。

「女の子が隠れたままです。早く見つけてあげてください」

きょとんとした冒険者達。けれど互いに急かしあうように、すぐそっちへ向かってくれる。

「ほ、本当にいたぞ……！」

保護されたのは七歳くらいの女の子だ。周りに家族もいたみたいで、お父さんとお母さんらしき二人が走っていく。名前を呼ぶ声に、女の子は声をあげて泣いた。

ミアさんは眉を上げる。

「なんでわかったんだ？」

「あそこから声がして……」

さすがに変だ。ミアさんだって聞こえなかったのに、どうして僕だけ？

その気になれば周りの人すべての位置を把握できそう。全身が耳になったみたいに感覚が鋭い。

スキル〈盗賊〉や、より上位の〈野伏《のぶし》〉。そんな素敵に優れたスキルにも劣《おと》らない、探知力だ。

「……もしかして」

もう確かめないわけにはいかない。

〈目覚まし〉は、またとんでもないことをしてしまってる。

「す、ステータスっ！」

リオン　14歳　男
レベル18
スキル　〈目覚まし〉
『起床』……眠っている人をすっきりと目覚めさせる。
『封印解除』……いかなる眠りも解除する。
［＋］　封印を鑑定可能。

スキル　〈太陽の加護〉
『白い炎』……回復。太陽の加護は呪いも祓う。
『黄金の炎』……時間限定で身体能力を向上。
『太陽の娘の剣』……武器に太陽の娘を宿らせる。
スキル　〈雷神の加護〉
『雷神の鎚《つち》』……強い電撃を放つ。
スキル　〈狩神の加護〉

『野生の心』……索敵能力の向上。魔力消費により、魔力も探知。
スキル〈薬神の加護〉
『ヴァルキュリアの匙』……回復。魔力消費で範囲拡大。
スキル〈魔神の加護〉
『二枚舌』……二つの加護を組み合わせて使うことができる。

やっぱり夢じゃない。

レベルは11から一気に18へ。初心者脱出以降はだんだんと上がりにくくなるレベルだけど、七つも駆け上がっている。

スキルに至っては、新たに四つだ。

普通は一生に一つだけを主神オーディス様からもらう。スキルは木に例えられて、成長に従って『能力』という実をつけていく。

さっきの感覚も治療も、スキルの能力なんだろう。

そのスキルの木が僕には五つ。果実もまた普通の五倍、受けられるとしたら……。

「…………」

ごくっ、と喉が動く。

規格外。そんな言葉が思い浮かんだ。この夜空の星のように、無限の可能性。

「本当に、次の神様が目覚めたんだ」

改めて金貨を見つめる。

ソラーナが描かれた面を表とすると、裏面に四人の神様が新たに彫り込まれていた。丸い面を四分割して、三柱の男神と、一柱の女神が刻まれている。

うん……。一面を丸ごと使えるソラーナに比べると、裏面、ちょっと狭そうかも？

そんな風にコインを眺めていると、頭にソラーナの声が響いた。

『東ダンジョン以外にも、王都のダンジョンには神が封印されていた。〈目覚まし〉で神話の続きが始まった』

神話の、続き……？

『君が手にした角笛は、とある神が持っていたものだ。神々を鼓舞《こぶ》し、その力を一時的に昂らせる力が宿っていた。おそらくは……君のスキルと関係がある』

ふと思い出した。

僕らを見守る主神、オーディス様は人々にスキルを授けてくれる。でもそれは、かつていた神々の力を人間に分け与えているってこと。

〈目覚まし〉も、元々は神様の力なんだ。

僕はポーチから角笛を取り出す。

神々を呼び出した時が嘘のように、『目覚ましの角笛《ギャラルホルン》』は輝きを失っていた。まるで、神様と入れ替わりに眠ってしまったみたい。

「じゃ、この角笛は……」

僕の〈目覚まし〉の、大本《おおもと》になった神様の持ち物だったってことだろうか。

だから、東ダンジョンの奥深くにあった、あの分厚い氷から神様を目覚めさせることができたんだ。

いつもの〈目覚まし〉だけじゃ、きっとあんな奇跡みたいなことは起こらなかっただろう。

光を失っていてもなお、この神具はかすかに熱かった。

『いずれにしても、神と魔物の戦いは、終わっていない。氷漬けにされ、中断しただけ』

東ダンジョンの深部にあったのは、氷漬けにされた魔物達。

神話では、神様は魔物に打ち勝って、ダンジョンとこの国を僕達に渡したことになっていた。

でも実際は違う。神様は勝っていなくて、敗けそうだった。

だから封印の氷には無数の魔物が閉じ込められたまま。さっき倒したスコルだって、そうして力を保っていた魔物なんだから。

「だとしたら、終末って……？」

『戦いの続き、という意味かもしれない』

全体メッセージで、神様は『終末』と言っていた。

視界の端で、さっき助けた女の子が泣きながら家族に抱きしめられている。妹のルゥを思い出して心が重くなった。

『かつて神々と魔物が封印されて中断した戦いが、まさかもう一度――』

すぐ聞き返そうとした。だけど足音が近づいてきて、僕は口をつぐむ。

手元にある角笛。これを渡してくれた鴉《カラス》の戦士団が、僕とミアさんを取り囲んでいた。


「……何ですか？」

鴉の戦士団に、僕は問いかける。二頭鴉のマントを羽織った冒険者達が、ここから逃がすまいとでも言うように、僕とミアさんを取り囲んでいた。

「ずいぶん失礼な連中だね」

ミアさんが睨む。でも鴉の戦士団は無言でいて、ひゅうと夜風が渡っていくだけだった。

値踏みするような視線を受け、僕は持ったままの角笛を彼らに差し出す。

「これのこと？」

角笛を授けてくれた男性は、すでに近くにいない。

探していると、ふいに車輪の音がした。馬達のいななき。

立派な四輪馬車が現れて、僕達の左側に停止した。鴉の戦士団がさっとその馬車へ近寄り、扉を開く。団員達が乗客に一礼したように見えたのが、ちょっと気になった。

足場を踏んで、白い服を着た女性が降りて来る。

法衣、というのだろうか。月明りを受け、繊細な刺繍の入ったローブが青白く照らされている。身長と同じくらいあるロッドをつき、高い帽子をかぶっていた。そして帽子にも、ローブにも、二頭鴉の紋章がある。

段を下りているから目線は下。でもとてもきれいな顔立ちをしているんだって、なぜかわかった。彼女が顔をあげる。緑の瞳が僕らをとらえた。

「お久しぶりです」

初雪のような両頬をほんの少しだけ引きつらせる、とんでもなく上品な笑み。僕の周囲にこんな微《ほほ》笑《え》み方をする人なんていなかった。

ミアさんが眉をひそめる。

「……どう見てもお貴族様だな」

周囲を見回すミアさん。結われた赤毛が猫の尻尾みたいに揺れる。

「逃げよっかな」

「えっ」

「冗談だよ。この状況で逃げたら――もっとややこしくなりそうだ」

で、ですよね。でもやめてくださいね、ミアさんが『逃げる』って言った瞬間、戦士団が何歩か踏み込んできたので。

馬車から降りてきた女性は、僕らと数メートルの距離を挟んで向かい合う。

馬に乗った団員が駆け寄り、女性の前で降り一礼した。何か、袋のようなものを差し出したみたい。

団員が囁く声がこっちにも聞こえた。

「迷宮に落ちていました」

見覚えのある、絹製のような袋。

「『巨人の遺灰《いはい》』……ワールブルク家のギデオン、愚かなことを」

袋から、女性は黒い粉のようなものをつまみ上げる。粉はかすかに煙をあげ、袋の口からも同じく黒いもやが立ち上っていた。

「スキル〈封印〉」

女性が言うと、ひゅっと冷たい風が吹き抜け、煙が止《や》んだ。ロッドをついて、戦士団を見渡す。

「東ダンジョンに入り、残った遺灰を全て集めてください。他の迷宮でも同様のことが起きていないか、未踏エリアが開いていないか、封鎖をして確かめます」

「はっ。総長殿」

呼ばれた名前に、僕とミアさんは顔を見合わせる。声が漏れてしまった。

「そ、総長……？」

金貨が震えて、ソラーナの声。

『只者ではなさそうだが、偉いのか？』

「そりゃ……多分。だって、鴉の戦士団の偉い人ってことでしょ？」

もちろん、聞き間違いじゃなければ。

騎士団などは『総長』が一番上、リーダーだ。鴉の戦士団もそうかは分からないけど、戦士団の一人一人が法衣姿の女性に敬意を払っているように見える。

それに、オーディス神殿では高い帽子が偉さの証明だ。母さんが施療院《せりょういん》に勤めているから、回復魔法を使える神殿の人は見たことがある。けど、こんな立派な帽子や法衣をしている人は初めてだ。

一通り指示が終わったのだろう。女性がこちらに目を向けた。ミアさんがものすごく遠い目をしている。

「さて」

こほん、と一度咳払い。

「きっと驚かせてしまいましたね」

真っ白い手袋を胸に当てて、ゆっくりと一礼する。大きめの帽子が揺らいで、おっとと慌てて直していた。

「あの時の、正式なお礼もまだでした。私はパウリーネと申します」

ふと、記憶が刺激された。どこかでこの人と会えたような気がする。

「東ダンジョンでは助かりました」

僕はミアさんと顔を見合わせた。

白い服に、真っ白な手袋。眉を下げて笑うと、ますます『あの人』を思い出す。

「叫んだり怖がったり……情けないところをお見せしました」

「あ、あんた」

ミアさんがぽかんと口を開けていた。

「ぱ、パリネか……？」

東ダンジョンで逃げていた、新米冒険者。ミアさんが案内していたところを、危なくなって、僕が助けたのだけど……。

「そうです」

パリネ――いや、パウリーネさんは頷いた。

「お礼が遅れて申し訳ありません。改めて、本当の名を名乗らせてください」

翡翠《ひすい》色の目で、パウリーネさんは僕らに笑いかける。

「私はパウリーネ。アスガルド王国の九番目の王女であり、オーディス神殿『鴉の戦士団』、六三代目の総長です」


オーディス神殿に属する、鴉の戦士団。

腕利きの冒険者ばかりが属する、ダンジョンの専門家。

神様がなした封印のおかげで、迷宮は魔石や遺物を僕らにもたらす。王族には『封印』に関するスキルを持った人が生まれ、一方、きちんと迷宮を管理することはオーディス神殿の役割だった。だから王族と神殿とは関係が深いという。

ただ、ダンジョンは危険な場所。魔物もいるし、冒険者だって敵に回るかもしれない。

必要に応じて迷宮を制圧できるように、オーディス神殿は精鋭戦力を持っていた。

それが『鴉の戦士団』。

なんだけど……

「そ、総長《そうちょう》ぉ……!?」

僕とミアさんはそろって声をあげていた。改めて見ると、目の前の総長様は、女性というより少女という印象だった。歳だって一五、一六――僕と三つは離れていないと思う。

「あんたが?」

ミアさんが半目で呼びかけた瞬間、団員の一人が猛烈な勢いで咳払《せきばら》いした。僕は慌てて腕をつっつく。

「お、王女様って言ってましたよ?」

「って言われてもなぁ……」

ミアさんは腕を組んで信じないそぶり。

東ダンジョンで助けた新米冒険者パリネさん。確かにその正体が、精鋭集団『鴉の戦士団』の長《おさ》で、おまけに王女様なんて言われたら、そうやすやすと信じられない。

総長様は、胸を張ってミアさんを見上げる。

「信じがたいでしょうが、事実ですよ」

「……そんなに若いのに、あんたが一番上だってのかい?」

「事情がありまして。ただし、立場は本物です」

「ふぅん？　ならなんでダンジョンに……」

「み、ミアさんっ。ええと、その、総長様は」

言いよどむ僕に、パウリーネ……さん？　様？　は苦笑した。

「パウリーネで構いません。戦士団とあなた方は、同じ冒険者同士ですから。それよりも本題に」

こつこつ、とロッドで地面をつく。パウリーネさんは大きな翡翠色の目を馬車に向けた。

「至急、私達と来ていただきたいのです」

失礼かもしれないけど、僕はパウリーネさんを正面から見た。

「それは……できません。僕はまず、家に帰らないと」

ルゥと母さんが心配だ。戦禍が家に及んでいないか、確認しなければどこにも行くつもりはない。

「どこにでも、後で必ず出頭します。ダンジョンの封印を解いたことであれば、きちんと理由もお話しします」

それに、と僕は言い添える。視線を左右に向けるだけで、ボロボロの街と動き回る冒険者達が見えた。

「……まだ、ここも心配です」

戦場となった通りは、いまだに混沌だ。さっきみたいな治癒や人探しの力が役立つかもしれない。

パウリーネさんは目を見開き、労《ねぎら》うように笑いかけた。

「心がけは素晴らしい。ただ、あなたこそ休むべきです。治療魔法の途中に術者が倒れると、治癒が途中で止まりかえって大変ですよ」

「それは……」

「オーディス神殿からも、体調万全の魔法使いを派遣しています。それに私達がまず向かうのは、あなたの住まいですから」

僕は唖然としてしまった。

「ぼ、僕の家……？」

「ええ。あなた方を保護させてください」

パウリーネさんの目つきは真剣だった。

『保護』という言葉に疑問が湧き上がる。でも、議論している時間も惜しいんだって直感した。

そういえばスコルとの戦いに出る前、家の近くで鴉の戦士団を見かけている。

近所で危ないことがあったのかもしれない。

「わ、わかりました」

僕は馬車に向かった。パウリーネさんが横目でミアさんを見つめている。

「ミアさん、あなたもです」

「……わぁってるよ、総長殿」

馬が二頭立ての大きな四輪馬車。中は広くて、座面も柔らかい。おまけに天井には照明用の魔石が光っている。

動き出しても身構えたほどには揺れなかった。近所の荷馬車とこれを比べるのもおかしいけど。

夜はまだ深い。城壁から遠くて戦闘を免れた区画でも、家々の木戸は固く閉ざされている。

貧しい区画にやってくると辺りから視線を感じた。立派な馬車がやってくることなんてないから、何が起こっているのか住民達は心配なんだろう。

「……全体メッセージを聞きましたか？」

向かいの席からパウリーネさんが問いかける。僕は顎を引いた。

「はい」

「終末。その言葉は、単なる警告ではありません」

やがて馬車が家の近くに来ると、僕は異変に気付いた。

屋根の上。時折、マントをなびかせた人影が現れる。

「鴉の戦士団……？」

僕の呟きに、パウリーネさんが頷いた。

「あなた方が城門で魔物を防いでいる間、この区画にも敵が来ました」

すっと背筋が寒くなる。

「ここで戦いが……？」

「ええ。ですがご安心を、戦士団が撃退しました」

淡々と話すパウリーネさんだけど、空気はどんどん重くなる。

「相手は、私達が追っている奴隷商人です。貴族を通じて『珍しいスキル』を持った奴隷を集めていたようですが、あなた方兄妹に狙いを定めたということかと考えられます」

スコルとの戦いを思い出してしまった。

——ああ、この分だと妹のほうもダメねぇ……。

そう言い残して逃げた女性が確かにいた。

ぐらりと揺れたのは、馬車が曲がったせいだけじゃない。

「ル、ルゥも……狙われた？」

「はい。東ダンジョンの封印を解き、王都を破壊したのも同じ奴隷商人でしょう」

まだ、何もわからない。

「保護って、奴隷商人が僕らを狙っているから……？」

頷くパウリーネさん。でも、根本的な、狙われる理由ってなんだろう。

僕はポケットに手を伸ばして金貨に触れた。指で感じるのは、ソラーナが彫り込まれた表の面と、四人の神様が彫り込まれた裏面。神様達はみんな沈黙して、言葉を話す気配はない。

「どういうこと……？」

戦いで新たな神様が目覚めて、力を貸してくれた。絶対、この全体メッセージや異変と関わりがある。全部の謎の中心に、スキル〈目覚まし〉がある気がした。

『今は、彼らの話を聞くといい』

遠雷のように厳《おごそ》かな声。トールという神様、だっただろうか。

また別の声がする。

『何かを語るには、情報が必要だ』

ええと、こっちは——ロキという神様、だったかな。どよんとした目元が思い浮かぶ。

「どういうこと？　神様達、何か、話してよ」

『……すまない』

　ソラーナだけが答えてくれた。

『わたしも、言えることは全て想像でしかない。今わかっている事実は、確かに鴉の戦士団の情報を待つしかないだろう』

　到着です、と御者《ぎょしゃ》さんの声がした。

　馬車を降りる。冷たい夜風が路地を吹き抜けていった。家々の軒先にある、小人の置物がいやに不気味だ。昼間とは別の場所のようにさえ感じる。

　慣れ親しんだ家の玄関。つい数時間前に出たばかりなのに、何年も帰っていない気がした。小さい頃、僕とルゥが棒を振り回してつけた傷が、まだ柱に残っている。

　父さんの時と同じだ。幸せを壊す何かは、突然にやってくる。

「た、ただいまっ」

　僕は中へ踏み込んだ。


　玄関の戸を開けると、頭にお鍋を被った母さんが立っていた。

「り、リオン……」

母さんの目に涙がにじんでいく。

改めて、僕は死んでもおかしくなかったことに気づかされた。

「――ただいま」

その言葉を家族に言えることが、本当に幸運だと思う。

母さんはほうっと息をつき、僕を抱きしめた。よっぽど安心したのだろう。

壁で赤いスカーフが夜風に揺れている。父さんは僕と同じ玄関から出て、帰ってこなかった。

やがて、母さんは後ろにいるミアさんやパウリーネさん達にも気づく。

「後ろの方々は……？　仲間の方もいるようだけど……」

パウリーネさんが一礼して、僕の前へ出る。

「主神のご加護がありますように」

母さんは目を見張り、いつものフードとローブから埃をはたいた。

「その帽子は、し、司教様……？」

神殿の帽子は位を表すものらしい。

パウリーネさんは応えない。がらんとした居間を見て、声を失っているようだった。『ルトガーさん、ごめんなさい』――そんな風に早口で言ったのが聞き取れてしまう。

ルトガーは父さんの名前だ。

僕は母さんに問う。

「ルゥは？」

「二階に隠れているわ。この辺りでも、戦うような音がして……」

僕はパウリーネさんと目線を交わす。

スコルとの戦いで、敵は僕を狙っているようだった。同じように、妹のルゥも。

『鴉の戦士団』が言うには、家の近くにも敵がやってきていたようだけど――。

ロッドをついてパウリーネさんは宣告する。

「夜遅くに申し訳ありません。ですが、急ぎあなた方を保護します」

戸惑う母さんを安心させるよう、僕は無理にでも笑みを作った。

「安心して、母さん。ルゥを呼んでくるよ」

他の人には一階で待っていてもらい、僕は階段を上る。

「神様……聞こえる？」

ポケットの金貨に問いかけた。家を離れること、一応、ソラーナ達にも確認したほうがいいだろう。

返事はなかった。耳の奥に何か聞こえるけど、何人もの声が一緒くたになって聞き取れない。

「変だな……？」

首を傾げながら寝室のドアを開ける。

「お兄ちゃんっ」

妹がベッドから跳ね起き、抱き着いてきた。薄暗い中で、ランプの光が揺れる。

「ただいま」

「うん、帰ってきてくれてよかった」

ルゥは少しだけ身を離す。空色の瞳は、涙で潤《うる》んでいた。

ベッドにいたから具合を心配したけれど、ルゥの息は乱れていない。ただ、顔は青白かった。

「咳は大丈夫？」

ずっと前から一緒の茶色いガウンが肩にかかっている。

「うん、平気。ただ……外で戦うような音がして、怖くて」

ぞっとする。家族のすぐ傍にまで、奴隷商人は迫っていた。

妹から告げられると、本当に危なかったと改めて感じる。

「窓の下を見たら、黒いローブの人と目が合ったの」

「木戸を開けたの!?」

「ちょっとだけだよ。でも、目とかが普通の感じじゃなくて、怖くて……」

安堵と心配がないまぜになって、ルゥの肩に置いた手から力が抜けた。

でも、どうして妹まで狙ったんだろうか。家族を守るには、鴉の戦士団と取引してなんとか味方につけないと。

「角笛の音が聞こえたの。あれ、お兄ちゃん？」

「え……」

出し抜けな問いかけに、僕は驚いてしまった。ルゥから離れ、ポーチから角笛を取り出す。

目覚ましの角笛《ギャラルホルン》は相変わらず荘厳《そうごん》な雰囲気を放っている。でも、少し力を失っているようにも感じた。吹く時にあった燃えるような熱さは、少なくとも今はない。

「どうして、僕だと思ったの？」

「音が聞こえたの。そしたら、お兄ちゃんが近くにいる気がして……」

僕は目をこする。ルゥの体が金色の光に包まれて見えたんだ。

「……お兄ちゃん？」

輝きは、一瞬のこと。神様も反応しないし、見間違いだろうか。

「なんでもない。ルゥ、下に来れる？」

角笛をしまいながら言うと、妹は怪訝《けげん》そうに眉根を寄せた。でも理由を聞かずに、すぐに頷く。こういう時、ルゥってけっこう勘がいいんだ。

「わかった」

ルゥを連れて下に戻ると、母さんとパウリーネさんが机に座っていた。ミアさんや戦士団の人達は立っていて、みんなの視線が階段を下りて来る僕らへ集まる。

ごほん、とパウリーネさんが咳払いをした。

「揃ったようですね。では、お話を始めましょう」

総長様がそう言いかけた時、また耳奥に声が聞こえだす。

『……！　……!!』

『――せ！　――めろ！』

『狭いっ』

呼びかけても反応がなかった、神様達の声。ぶるる、と右ポケットでコインが振動する。

『やめろ、みんな暴れるなっ』

『だってだんだん狭くなってきたぞ⁉』

『し、仕方があるまい！　もともとは、わたし一人のところに四人も入ってきたのだからっ！』

夏の雨雲みたいにむくむくと不安が湧き上がる。

「そ、ソラーナ⁉」

『リオンか！　この金貨にいきなり四柱も増えたのは、ちょっと狭すぎたみたいだ……！』

ポケットから溢れる黄金の光。慌ててコインを取り出すと、もう眩しいほどに輝いていた。

さぁっと血圧が急降下する。これ、外に出ないとダメなやつ⁉

「お兄ちゃんっ⁉」

「リオン⁉」

母さんとルゥが慌ててる。ソラーナはもっと慌てふためいていた。

『は、弾けてしまいそうだ！』

僕は反射的に口走ってしまった。だって、金貨が爆発してしまいそうなんだもの。

「目覚ましっ！」

〈スキル：目覚まし〉を使用しました。
『封印解除』を実行します。

ポケットからコインが飛び出して、光と一緒に『中身』が解き放たれる。

「うお！」

荒布装束《あらぬののしょうぞく》をまとった、赤髪の巨神。

えっと――トール神だ。天井の高さから階段方向へ落ちていくのが、やけにゆっくり見える。

「うわっ」

「きゃっ」

茶髪の神様、ウルが受け身をとって着地する。狩装束だし、この人は狩りの神様だっけ？　身軽さにすごいと思ったけど、直後に青鎧を着た女神様――シグリスがウルの上に落ちる。結果、二人で棚を盛大にひっくり返した。すごく痛そう。

ミアさんが身をすくめている。

最後に黒髪の神様、ロキがふわりと着地した。壁に黒いローブの背を預け、呆れたようにタレ目を伏せる。

「やれやれだねぇ」

大げさに両手を上げ、ロキ神は言った。

「金貨の中よりはマシだけどさぁ……ここもなかなかに狭くなぁい？」

ソラーナが最後に金貨から飛び出す。いつものように元気よく、というわけじゃなくて、恐る恐る、外を見にやってきたという様子だ。

白い肌が、血色を失ってさらに白い。

「…………まずい」

ソラーナ、けっこう金貨にみんなで入ってたの、無理やりだったんだ……。

ひゅうと風が吹く。

母さんもルゥも、ミアさんも、パウリーネさんも、戦士団もみんな目を丸くして硬直していた。

でも、突然現れた大勢に混乱しないのは、現れた一人一人に不思議な威厳があるから。身を起こす仕草、倒した棚を直す仕草、そんな普通の動作でさえ、薄く光をまとっているように見える。

黒いローブのロキは指を鳴らすと、散らばったものを浮かして元の場所へ戻してしまった。

階段近くで巨体が身を起こす。

「すまねぇ、騒がせた」

たてがみのような赤髪をかき、高らかに笑うトール神。声は家全体に轟いて、壁が揺れた。荒布装束に包まれた逞しい体、その右手に持った鎚で雷光が弾けている。

普通の人とは違う、とんでもない力を秘めた存在だっていうのが、僕にも感じられた。

角笛で目覚めてきた四人の神様達は、実際、その力で魔物の軍勢を圧倒している。

「か、神様……？」

実感で、そんな言葉が漏れてしまう。

……今のところ、あんまり恰好よくはないけれど。

パウリーネさんが我に返り、ロッドをついて立ち上がる。

「やはり、角笛を吹いて、夜空に虹が走ったというのも、全て本当。全体メッセージも、捨て置けませんね」

続いて僕を見やる。

「あなたに選んでいただきたいことがあります」

パウリーネさんは言葉を重ねた。

「神殿にお連れした後、我々と一緒に戦うか。それとも、ご家族と保護を受けるか」

無意識に触ったポーチで、父さんから受け継いだ角笛が熱を帯びた気がした。僕は王女様を見返す。

「……戦いは、します。けど、代わりに教えてほしいです。僕らに何が起こってるんですか？」

パウリーネさんは翡翠色の目を閉じた。

「では一つ、取引をさせてください」

北ダンジョン

騒がしく終わったその夜、僕らは王都の城壁外に案内された。

鴉の戦士団は、拠点として神殿を持っているらしい。王都から少しだけ離れて、堅牢な壁に囲まれた神殿が、まるで島のように佇んでいた。

正直、とても助かる申し出だった。家の近くで、実際にルゥが狙われている。王都の外、それも警備のしっかりした神殿に置いてくれるというのはありがたい。

僕ら家族は温かい部屋と寝床を借り、人心地ついて眠った。

でも翌朝、事情聴取もそこそこに、僕とミアさんに『依頼』が舞い込んだ。

冒険者ギルドを通して発行された正式なもので、依頼主は貴族ということになっている。けれど指定された集合場所は、僕らが匿《かくま》われた神殿の中庭だった。

僕とミアさんは、装備を整えて中庭に向かう。一台の箱型馬車が停まっていて、開いたドアの前に二〇歳くらいの男性が立っていた。

「どうも」

細い目に黒髪、神官風の帽子は、時に頭冠《コロネット》とも呼ばれる戦いを想定したものだろう。

忘れもしない、昨日僕に角笛を渡してくれた人だった。灰色のマントには、二頭鴉が描かれている。

「さぁ、どうぞ馬車へ」

僕はミアさんと顔を見合わせる。

「いったいどういうことなんです？」

「あたしは、なんとなくわかるけどね」

ミアさんはじろりと男性を睨む。その人は微笑んで、ゆっくりと帽子を被った頭を下げた。

「申し遅れました。私はフェリクスと申します」

使い込まれた古木の杖を持っているから、おそらくは魔法使いだ。

「スキルは〈賢者〉、レベルは40です」

「よ……！」

レベルを聞いて僕は飛び退いてしまうところだった。レベル40といったら、冒険者の中でも精鋭に入る。一般にレベル30以上が腕利きと呼ばれる水準で、怪我や才能の限界で、ここに辿り着けない人も多い。そして、さらに研鑽を積んでレベル40台に至れる人はもっと少ないはずだった。

〈賢者〉も色々な魔法を使いこなせる優れたスキルだ。〈剣士〉に対して〈剣豪〉が上位に立つように、〈賢者〉は同じ魔法系の〈魔術師〉より戦力として優れる。

レベル40の〈賢者〉といえば、才能と経験を両立させた、精鋭だ。父さん以外では、ほとんど見たことがないほど強い人だろう。

細い目をさらに細めるフェリクスさん。

「あなた方に依頼を持ちかけましたのは、調査のためです」

声を忘れてばかりもいられない。僕は察した。

「……東ダンジョン以外を調べる、ということですね？」

「ええ。そしてリオンさん、あなたのテストでもあります」

フェリクスさんは僕を見る。

「あなたが、お父さんの角笛、そして私達と共に戦うにふさわしいか」

首の後ろが粟立《あわだ》った。

まだ事情には不明な点がたくさんあるけど、僕は『戦うかどうか』という質問に、『戦う』と応じていた。家族が狙われているんだもの。もう震えて待っているだけなんて、嫌だ。

「いいよね、神様」

ポケットの金貨に小声で語り掛ける。

あの後、かなり苦労して神様達は金貨の中に戻った。返事はなかったけれど、コインが励ますように震えた気がする。

力を示さなければ、戦士団はさらなる情報を渡してくれない。それに他の迷宮を調べれば、新しい何かがわかるかも。

さて、とフェリクスさんがミアさんを見る。

「逆に言えば、あなたはもうよろしいのですが……」

「ここで置いてかれても冒険者として寝覚めが悪いだろうよ。ただ、カネは払ってもらうよ。あんたらのせいで、あたしらは未踏エリアから追い出されたんだ」

ミアさん逞《たくま》しい……。フェリクスさんは苦笑して肩をすくめた。

「よろしい。では、迷宮へ参りましょう！」

数人の戦士団も一緒に乗り込んで、馬車が発進した。

王都の城壁外を進む。街道はあるけど石畳じゃないから、馬車は時々ガタンと大きく揺れた。

窓の外を景色が過《よぎ》っていく。城壁外を歩くなんて滅多にないから、風景はとても新鮮だ。やがて目に見えて木々が豊かになっていき、馬車は森の中を通り抜ける。遠くに小山を望む川のほとりが、王都二つ目の迷宮の入り口だった。

王都『北ダンジョン』。

多くの初心者が東ダンジョンの次に向かう場所だ。

馬車から降りて準備をしながら、フェリクスさんが言った。

「東ダンジョンのように、ここでも異変が起きている可能性が高い」

ミアさんが問う。

「なんでだ？」

「昨夜、角笛の音と共に、夜空に虹がかかりました。虹は、東西南北、各迷宮から空へ伸びあがったようなのです。そして神々は、虹を通ってやってきた」

僕は頷く。東ダンジョンには、雷神トールが封じられていた空間が隠されていた。

「東ダンジョン以外にも、神様が封じられてた、未踏エリアが……」

「そういうことです。角笛で、王都の迷宮に道が開いた可能性がある。一般の冒険者を入れる前に、開いたエリアを調べ、必要に応じて侵入禁止区画を設けます」

階段を下り、迷宮へ踏み込む。

北ダンジョンは森の迷宮だった。

あちこちに木が生えていて、天井から陽光に似た明かりが降り注ぐ。探索層にはリスやキツネとか、自然の生き物さえいるらしい。

「わぁ……！」

初めての、東ダンジョン以外の迷宮だ。

憧れた立派な冒険者に近づけたようで、こんな時なのに高揚してしまう。

足元をよく見て、草木で転ばないよう歩いた。

いつもなら採集目的の冒険者とすれ違うのかもしれない。でも、今日は僕ら以外無人だ。王都の迷宮は、鴉の戦士団の調査のため今は全て立ち入り禁止なのだろう。

僕は呟いてしまう。

「他の人がいないから、こんなに静かなんだ……」

まるで本物の森だ。殺風景だった東ダンジョンとは大きく違う。

少し耳をすませるだけで、僕は様々な音を聞くことができた。葉がかすかに揺れる音や、獣が動く音。初めてソラーナの加護を受け取った時みたいに、明らかに加護で身体能力が上がっている。

先頭を歩くフェリクスさんが、右手を挙げた。

下りの階段だ。

鬱蒼《うっそう》と木が茂る北ダンジョンは、いよいよ二層以降の戦闘層に入る。

「……リオンさん、準備はいいですね？」

僕がこくりと合図すると、フェリクスさんは意味深げに笑った。

「ふふ、期待していますよ、角笛の少年」

階段を下りても、相変わらず壁や天井を木々が覆っている。でも一層より床は平らで道幅も広い。

魔物や人間がよく戦うから、草木が踏みしめられているのかもしれなかった。

神様の声が頭に響く。

『魔物がいる階層に入ったようだね』

ソラーナじゃない。お兄さんのような、明るくて、軽やかな声音。

新しい神様の一人だ。

「ええと、ウル様……」

『おや？　ウルでいいよ。呼び方で君の敬意が損なわれたりしないさ』

そ、そういうものなのかな。けど、お願いを無視するのもダメな気がした。

「ウ、ウル……」

『はは、よろしく、若き狩人よ！　北ダンジョンはボクが封印されていたダンジョンだ』

ウルは言葉を継ぐ。

『昨日は激戦の上に、最後はバタバタしたからね。ここで君にボクら神々と、力を紹介していきたい』

僕は頷いた。森の迷宮に入ってから、音や臭いが僕に周りの状況を教えてくれている。

「あなたは探知スキル、だね」

『そうさ。さぁ、試してみて』

僕はスキルの状態《ステータス》を思い浮かべる。これは迷宮だけじゃなく、新しい加護も要調査だ。

〈スキル：狩神の加護〉
『野生の心』……索敵能力の向上。魔力消費により、魔力も探知。

『ボクが授けた力は、常に君の知覚を強化している。まだ自然が豊かであった頃、人間は狩りをして暮らしていた。当時の狩猟感覚が君に宿る』

大昔の狩人が持っていた、そして今は失われた野性。

丁度、僕は通路の先に魔物の音を感じた。二本足の何かが、通路を進んだ先の死角で動いている。同じ方向からかすかに血の臭いもした。

「進む先に敵がいますね」

僕の言葉に、鴉の戦士団は驚いた様子で振り向いた。

「確かに。君にも、偵察向けのスキルが？」

「ええ」

今度は、頭にソラーナの声が響く。

『わたしからも紹介しよう。狩神ウルは狩人を信徒にし、守護した神だ。姿を隠しながら敵や獲物を探《さぐ》る、そうした力を人々に与え、神話時代でも常に前線にあった』

『リオン』

頭にウルさ……ウルの声が続く。

『さらに魔力を使って？　音や臭いの感知だけじゃ終わらない』

ウルはちょっと楽しそうだった。

『君が魔力を消費すれば、見えない魔力だって感知可能さ』

僕は、もう一度スキルを意識する。今度は魔力を注ぐイメージで。

〈スキル：狩神の加護〉を使用しました。
『野生の心』……索敵能力の向上。魔力消費により、魔力も探知。

体から、魔力が吸い出される感覚がある。

大木の枝や幹に隠された先に、赤い光が見えた。五〇メートルくらい先は分かれ道になっていて、光は右側の曲がり角に隠れている。

『魔物は魔石を宿している。つまり、魔力を発散する』

目線を外し、周囲を見回す。

あちこちに赤い光があった。壁の方を見ても、そのずっと先にある明かりが透視できる。

よく見ると四足型とか、人型とか、魔物の形までうっすらと見えた。

「敵を、光で探知できる？」

『うん。強力な魔物であるほど光は強い。何より壁の向こうだってお構いなしさ』

臭いや音の探知に比べて、魔力をかなり消費する。レベルが18に上がった今も、遠くを見るのは一日に一〇回くらいが限度だろう。光として探せる範囲は時間と共に広がるみたいで、つまり離れたところを探すには長く魔力を使わないといけない。

今回で感じた魔力消費は、ソラーナの〈太陽の加護〉、『黄金の炎』と同じくらいだ。

その分、『透視』と言い換えていいこの能力は、とんでもない。ダンジョンで壁の向こうが見えたら、脅威のほとんどがなくなってしまう。

僕は戦士団に向き直った。

「け、気配は動いていません。やっぱり待ち伏せで、おそらく人型だと思います」

どうしますか、と問うたところで敵を示す赤い光が動いた。団員が声を張る。

「オークだっ」

遠目にも大きな、人型魔物。でっぷりした身の丈は、僕の倍はあった。

緑色の肌に、毛皮を張り合わせた防具をまとう。振り上げた棍棒は人間をまとめて五人は吹き飛ばしてしまいそうだ。でも待ち伏せに気づいていたおかげで、まだ五〇メートルほど離れている。

『リオン、やるじゃないか』

また別の声が聞こえた。ウルとは対照的に、低くて少し怖い。

「ええと、トール神さま……?」

ソラーナに加えて新しく目覚めた、四人の神様の一人。

『俺もトールでいい』

すごく大きな神様だったからそう呼んだけれど、あっさり呼び捨ての許可が出た。声音が雷を思い出すほど迫力があって、呼び捨てはかなり頑張らないといけない気がするけど。

『戦場で呼び合う時に「さん」付けは不便だ。俺はお前を認めてる。ソラーナが見込むだけはある、大した戦士だ』

昨日、スコルを圧倒していた戦いぶりが思い浮かんだ。

赤髪を振り乱した雷神様は、巨大な鎚を振り回して、狼骨スコルを城壁際まで追いやっていた。

『俺の力も使ってみろ。でかいやつの倒し方、教えてやる』

オークが咆哮《ほうこう》した。東ダンジョンとは明らかに違う、空間を震わす威嚇声。

地を揺らす巨歩が瞬く間に距離を埋めていく。

「ぼ、僕が行きます」

トールの言葉は熱くて、短剣を握る手に力が入る。

地面を蹴って飛び出した。フェリクスさんが慌てる。

「リオンさん、勝手に……！」

「任せようぜ。リオンは、もうただの冒険者じゃない」

ミアさんがそう言ってくれるのが、視界の端に見えた。

オークの走りと僕の加速。距離はあっという間にゼロになる。

『黄金の炎』の身体能力向上を使っていないことに、今更気づいた。でも焦りはない。オークには要らないって、体がわかってる。

「はっ」

すれ違いざま、僕はオークの右脚を切りつけた。走った勢いのままオークが転倒、木々を巻き込んで転がる。

「があああ！」

脚を庇いながらも起き上がる。でたらめに振り回される棍棒は暴風のよう――と少し前なら表現したかもしれない。でも狼骨スコルの攻撃と比べればそよ風だ。

オークはすでに脚を切られている。片膝で無理やり立っているから、後ろを振り向くことはない。

力強いトールの声が、勇気をさらに燃え上がらせた。

『やり方はシンプルだ。力をこめて……』

青水晶の短剣は、青白い光をまとう。それはパリパリと弾け、雷光となった。

『雷を落とせ！』

〈スキル：雷神の加護〉を使用しました。
『雷神の鎚』……強い電撃を放つ。

一閃。鋭い光がオークの体を駆け抜け、地面へと伝わる。

黒い煙を吐いて、オークは仰向けに倒れた。やがて灰になって拳《こぶし》くらいの魔石を散らす。

「……すごい」

声が漏れると、トールは得意げに笑っていた。ソラーナの声が教えてくれる。

『トールは戦神、つまり多くの戦士をまとめあげた神だった。そして、雷の力を持つ雷神でもある。単純な強さ――魔力の大きさでいえば、目覚めた神々の中でも特に強力な一人だ』

強い神様、か。確かにこのスキルを見れば納得だ。神様にもそれぞれ得意分野や、もしかしたら力の序列もあるのかもしれない。

フェリクスさんが咳払いした。

「……リオンさん、レベルいくつでしたっけ？」

「18です」

鴉の戦士団が顔を見合わせていた。

鴉の戦士団は、やっぱり精鋭だった。

北ダンジョンに挑む冒険者の推奨レベルは15。東ダンジョンよりちょっと難度が高いだけの迷宮なんて、彼らはすいすい進んでいく。

ミアさんは鎖斧、僕は〈狩神の加護〉や〈雷神の加護〉で攻略を援護したけど、仮に戦士団だけであっても問題なかっただろう。

ただ、進めば進むほど北ダンジョンが初心者向け迷宮と違うところがわかった。

足を取る地形。東ダンジョンでは五つだった階層が、ここでは七つ。

なにより魔物が大きい。

東ダンジョンにいたコボルトの分類は『小型魔物』だけど、僕とほぼ同じサイズだ。つまり中型魔物というだけで、もう人間よりも大きい。これが巨人タイプなどの大型魔物になると、身長が五メートルを超え、必ず五人以上のパーティーで戦うようになる。

北ダンジョンではさすがに大型は出ないけど、中型魔物が現れる。

最下層のボスも、そうだった。

「カァアアア！」

『コカトリス』は、大きさ三メートルくらいの怪鳥だ。

戦場は、柱のように木々が点在するホール。中心部分に広い空間があって、基本はそこで戦うらしい。劣勢になったら木々の密度が増す壁際に逃げて、時間を稼ぐこともできる。

その場合、二つの厄介な特性に注意を払う必要があるけど。

「うわっと……！」

草を踏みしめる、猛禽《もうきん》の足。

強靭な鉤爪に気を取られていると、高い頭から啕哮とついばみが降ってくる。茶色の羽毛、その上で黄色の目がギラギラと光っていた。慌てて後ろに回り込むけれど、今度は尻尾と目が合う。

「シャアアッ！」

コカトリスの尻尾は蛇。

体が巨大な雄鶏、尻尾が大蛇。そういう二種混合の魔物なんだ。

『回り込む』という速さを活かした戦法が封じられるのが僕にとっては不利になる。厄介な特徴の一つ目だ。

コカトリスが数歩後退する。巨大な雄鶏の胸は大きく膨らんでいた。厄介な特性の、二つ目！

ミアさんが叫んだ。

「毒煙を吐くぞ！」

僕が飛び退いた拍子、ぽんと肩を叩かれる。フェリクスさんだ。

「そろそろ、私の出番ですね」

合図を受け二人の団員も順々に頷いていく。

「リオン君。俺達にも任せてくれ」

「先ほどは失礼を」

戦士団が僕を庇うように前へ出る。

先頭はフェリクスさん。右手で杖をコカトリスに向け、左手で宙に何かを描いた。

魔法の文様が空中に赤く浮かび上がっていく。ルーンと呼ばれる、魔力を帯びた文字だ。

「念のため耳を押さえて、口を半開きに」

そして、唱える。

「火線《バル》」

空中を火炎が奔る。何もないところから炎を生む魔法だ。

火の一閃は、コカトリスが吐いた紫の煙――ブレスとぶつかる。

爆音が轟き、今度は黒煙で怪鳥の姿が見えなくなった。顔を庇いながら、僕は呻《うめ》いてしまう。

「引火……!?」

『へえ』

頭に声が響く。

『この時代の魔法は、スキルの一部として整理されているんだね。詠唱が要らない。お手軽だけど、なんだか風情《ふぜい》がないねぇ』

「あ、あの。どなた……」

途端、金貨から人形大の影が飛び出した。黒いローブの青年は、怪しげなタレ目でにやりと笑う。

『僕はロキだ。トールと同じように、僕も呼び捨てで構わないよ？』

ええと、スコルとの戦いの時、魔法を使っていた神様か。にんまりした口元も、どこかどよんとした目元も、なんだか癖がある。ソラーナが苦手そうにしてた理由、わかるかも。

女神様の声がした。

『ロキ』

「おお、太陽の娘よ！」

『わたし達は、昨日の段階でかなり力を使っている。迷宮の下層部は封印が強いゆえ、外に出ないほうがいい』

記憶の棚を探る。魔物を封じる力は、強い魔物が出るところほど強い。魔力を持つ存在、つまり神様にもこの封印は働いて、ボス層はソラーナ達にとっても外にいるだけで力を奪われる場所なんだ。

「わかっているさ。だから念のため、この小さな姿で外に出たわけさ」

言いながら、ロキは遠くを見るみたいに額に両手をあて、わざとらしく視線をめぐらせる。タレ目が興味深そうにきらりとした。

「ふむ、なるほど、なるほど。やはりこの迷宮――すでにちょっと異変が起きているようだ」

え、と僕が問い返そうとした時には、ロキはぱちんと指を鳴らし消えていた。

ソラーナが嘆息する。

『ロキは、神話時代にも魔神と呼ばれた、魔法を得意とする神だ。が、悪戯師とも呼ばれ、知恵者である分、多くの神が時には困らされた。リオンは私が守るが、気を付けたほうがよい』

煙が消えると、コカトリスは大きく胸を抉られていた。強化された嗅覚に、肉の焼ける臭いがつんとくる。

「う……」

呻いていると、コカトリスはどうっと倒れた。大蛇の尾も力なく地面に伸びきっている。

団員がナイフを投じて、大蛇の額に刺した。生死を確認したのだろう。

魔法を放ったフェリクスさんは、錫杖《しゃくじょう》を揺らした。

「処理完了ですね」

僕は頷きかけ、地面の振動に気が付いた。何か、不穏な気配がする。

反射的にスキルを使っていた。

〈スキル：狩神の加護〉を使用しました。
『野生の心』……索敵能力の向上。魔力消費により、魔力も探知。

視界を遮る木々の向こうで、赤い光が輝く。一瞬でスキル使用を止め、魔力を温存した。

ありえないはずの、二体目のボス。ゆっくりと、葉を揺らしながら歩いてくる。

木々の合間から出現したのは、不格好な人形のような姿だった。

ずんぐりした手足に、樽《たる》型の胴体、そして頭はまるで切り株だ。四メートルほどの巨体に顔はなくて、人間でいえば額の位置に赤い光が灯っている。

ミアさんが呻いた。

「ゴーレムだって？」

はっと思い出す。

古代に、魔法の技術によって作られた動く人形だ。ゴブリンやコボルトといった魔物とは勝手が違うけど、迷宮で倒すとなぜか灰になるから、一緒くたに魔物と呼ばれている。

ただ、出現はより高位の迷宮からのはずだ。おまけにボス層に二体目がいるなんて、聞いたことがない。

僕は、ロキの意味深げな呟きを思い出した。

「異変ってこと？」

警戒し、腰を落とす。金貨が震えてソラーナの声がした。

『うむ。場合によっては、屍狼《ウェアウルフ・ゾンビ》の時のようにわたしが外に出て――』

僕とソラーナの会話に、クスクスとした笑いが割り込んだ。

『ちょっと待って』

この声、魔神ロキだ。

『せっかくだ。雷神トールも、狩神ウルも、昨日も入れれば薬神シグリスも、みんなリオンの役に立っている。なのに僕だけがまだ役立たずだ、これはまずい』

頭ににんまり笑う魔神様の顔が過る。きっと指でも立てて振っているだろう。そんな気がする。

『だから、僕の加護についても教えよう。リオン、君はどうやら魔法の才能はイマイチだが……代わりに、この魔神が類《たぐい》まれなる力を授けたぞ』

スキル〈魔神の加護〉
『二枚舌』……二つの加護を組み合わせて使うことができる。

頭に思い浮かんだのは、ロキの加護の効果。

二つの加護を組み合わせられる……？

『君には魔法の才能がないようだ。そもそも魔法がスキルの一部として与えられるこの時代では、〈魔術師〉、〈賢者〉といったスキルでないと、十分に活用できないのだろう。そこで、同じく魔力を使うスキルについて、僕からの提案だ』

ロキが話している間に、ゴーレムがこっちに気づく。

「オオオォォオオオオオオオオ！」

牛の声を何倍にも引き伸ばしたような、不気味で、胸の奥が震えてくる唸り声。ゴーレムはずんぐりとした手を振り回し、木々を砕きながら、こちらへ迫ってくる。

『相性のよい加護を組み合わせて、力を倍加させるんだ！　まずは――』

ゴーレムが千切った太枝を放り投げてきて、僕らは一斉に散開した。ミアさんが叫ぶ。

「まっずい！　アース・ゴーレムって、推奨レベル25のやつじゃねぇか！」

僕らが避けたところに丸太がぶち当たって砕けた。破片がミアさんの頬を裂く。

「オオオォォォオオ……」

戦士団は、さすがにもう陣形を作ってる。でも急襲された形になっているから、前衛の一人が負担を受けていた。

「ちっ」

槍を持ったその人は、打撃を受けて後ろに下がる。ソラーナが嘆息した。

『リオン、わかるか？』

「うん！　なんとなくだけど……！」

スキルを、同時に二つ起き上がらせた。リスクはあるけど、今は神様の力を確かめたい。

〈スキル：太陽の加護〉を使用しました。
『黄金の炎』……時間限定で身体能力を向上。

〈スキル：雷神の加護〉を使用しました。
『雷神の鎚』……強い電撃を放つ。

二つのスキルを使った瞬間、体にまとう『黄金の炎』が武器に宿る雷光と混じり合った。青白い雷光が、黄金に変わって、さらに光と音を強めていく。

一瞬、めまいがした。レベルが上がってるはずだけど、魔力の急減に頭の奥がイヤイヤしている。

「はっ」

時間がない。僕はゴーレムの近くに飛び込み、巨大な腕をかいくぐる。脇腹に向かって、黄金の雷を叩きつけた。

「オオオオォォォオオオオ――」

黄金の雷光がゴーレムの体を突き抜けた。吹き飛んだ頭から煙が上がる。ゴーレムは膝をついて、ゆっくりと倒れた。

ロキの声がする。

『生命力を高める「黄金の炎」が、「雷神の鎚」をも強めたというわけだ』

ゴーレムはうつ伏せのまま、ゆっくりと灰になっていく。僕はほうっと息をついた。魔力が減っているせいか、汗が吹き出てくる。

『ロキ。確かに強力だが、リオンにはまだ負担がすぎるのではないか』

『おやおや、太陽の娘は焼餅《やきもち》かな』

『は……！』

金貨の中が騒がしくなる。また、全員で外に飛び出してきたりしないでね。

フェリクスさん達が僕に追いついてきた。戦士団が互いに顔を見合わせている。

「我々のほうが足手まといだったのでは」

「――かもしれませんね」

フェリクスさんが杖をついて、苦笑した。

「確かに、その力は本物です。力を確かめるなど……こちらの思い上がりでしたね」

戦士団の微笑は、気のせいか、さっきよりもずっと柔らかかった。僕の覚悟や強さを見るために、あえて厳しい顔をしていたのかもしれない。

金貨が揺れて、凛とした女性の声を辺りに響かせた。また、新しい神様からの声だろう。

『リオンさん』

「うん……！」

この方は、もう一人の女神様、薬神シグリスだ。魔力の減少が心配だけれど、僕だってレベルが上がっている。むしろ限界を確かめるためにも、仲間がいる今、試してみるべきだろう。

僕は呼吸を整えて、次のスキルを起き上がらせた。

〈スキル：薬神の加護〉を使用しました。
『ヴァルキュリアの匙』……回復。魔力消費で範囲拡大。

僕を中心に青い光が散って、傷を負った戦士団の体を癒していく。

『シグリスの加護は補助的なものです。もともとは、一人ではなく人間の戦士と共に戦う者でした』

金貨からソラーナが言い足す。

『うむ。彼女もまた戦士だったが、仲間を治療する癒しの神でもあったのだ』

「癒しの、女神様……」

くすり、とシグリス神は笑う。

『力の序列としては、私が最も低いのです。私も呼び名はシグリスで、構いません』

『しかし、役割は大きかった。彼女らのような癒し手――戦乙女《ヴァルキュリア》がいたからこそ、多くの人間が戦いに参加できた』

僕は顎に手を当てて、ちょっと神様のことを整理した。ソラーナも入れて、今は五人が金貨にいる。

「序列……」

冒険者の等級のようなものだろうか。ソラーナが教えてくれる。

『最上位の神を頂点として、ある程度、神々にも力の差があった。目覚めた神々について言うと、力の強さならトールが一番。その下にロキやウルがいて、シグリスが続く。私は――ふむ、今は、トールとウル達との間にいるようだ』

ただ、と女神様は言い足す。

『それぞれに得手不得手、役割がある。ゆえに結束が大事なのだが……』

ソラーナは少し言葉を濁した。聞き返そうとする前に、フェリクスさんが僕へ笑みを向ける。

「ありがとうございます、リオンさん。後は最下層の調査ですが……」

僕らは、このホールをしばらく調べた。

迷宮に二体目のボスが出るなんて普通はありえない。途中から現れたようだし、どこかにゴーレムがやってきた通路があるはずだ。

「足跡です！」

僕は手を挙げる。〈狩神の加護〉のせいか、草地でもゴーレムの足跡を追うのは簡単だった。

大きな木があって、周りに草や蔦が生い茂っている。近づくとひゅうと冷たい風が吹いた。大木の裏で壁がそっくり消え、先は明るい通路が続く。

ゴーレムの足跡は、通路からこちらのホール側へと向かっていた。

「今までなかった、未踏エリアのようだけど……」

『すでに、壁は封印解除されているな。角笛のせいかもしれない』

ソラーナの言う通りだ。昨日の角笛でこの迷宮も目覚め、壁が開いたと考えるのが自然だろう。父さんから受け継いだ道具は、後戻りできないほど世界を変えてしまったのかもしれない。

狩神ウルが話した。

『この先は、ボクが封じられていた場所でもある』

仲間を待って、僕らは未踏エリアへ踏み込んだ。

通路には、日光に似た明かりが注いでいる。下は土で薄く草が生えていた。自然を思わせる光景は、通ってきた迷宮と同じ。

けれど、通路を抜けた先の景色は、想像を超えていた。

「氷の……森？」

冷たい風に、息が白くたなびく。

一〇メートルはありそうな高い天井。木々はそのスレスレまで伸びている。葉っぱは黄色く色づいて、秋の森をそのまま持ってきたようだった。

そして、森の全てがクリスタルのような氷に閉じ込められている。ウルの口調も誇らしげだ。

『この場所こそ、迷宮の最奥。ボクが封じられていた場所だ』

神様は続けていく。

『地上が魔物に制圧される前に、少しでも自然を守るつもりだった。焼き尽くされる前に、魔力を帯びた霊樹を迷宮に運び込んだのだけど——千年で、迷宮全体が森になっているとはね。持ってくる時に、種が落ちたのかな？』

ウルは、本当に楽しそうに笑った。

『まったく、自然は予想がつかないよ！　最後まで、地上も守りたかったけど……』

大昔の敗北を思い出しているのか、聞いているとちょっと胸が苦しくなる声音だ。

「……僕も、です」

『おや。心強いね、角笛の少年』

呼ばれて、心が温かくなる。

注意を引くように金貨が震え、ソラーナが囁いた。

『リオン、木々の間を見てくれ』

氷の森では、魔物の軍勢も氷漬けになっていた。オークやコカトリスの他に、ゴブリン、コボルト、そういった東ダンジョンでよく目にした魔物も凍てついている。声がこぼれた。

「ここまで攻め込まれたんだ……」

『空間は広く続いている。おそらく、この時代の人間が出入りしているのは、迷宮の一部だけ。残りの場所には魔物が無数に封じられているのだろう』

女神様の言葉で、地中に魔物がぎっしり詰まっているのを想像した。ぶるりと震えてしまうけど、前から風を感じ、考えを打ち切った。

「道があるね」

氷に包まれた森。そこを抜ける小径《こみち》のようなものが、奥へ続いていく。

フェリクスさんが杖で前を示した。

「進んでみましょう」

凍てついた森を、みんなと歩く。

やがて、僕らは最奥の壁に辿り着いた。森はすでに途切れ、薄暗い通路が口を開けている。まるで、迷宮の中にもう一つ洞窟が開いているような情景だった。

『この迷宮は、自然の地形を活かしたものだ。少し遠くにある、別の洞窟と内部で繋がっている』

コインからウルが告げてきた。

「別の？」

『坑道だよ。神々の同盟者が棲んでいた場所だ。彼らは鍛冶や細工を得意とし、自ら開発した鉱山に棲んでいた。同盟者がこちら側の迷宮に避難できるよう、通路が繋がっている』

ここは太古の避難所。周りに味方がいたとしたら、道が繋がっているのも当然なのかもしれない。

待てよ、とウルは続けた。

『……ゴーレムは、その一族が得意としていた技術だったな』

突然現れたゴーレムと、それを得意とする一族が棲んでいたという洞窟。それが、北ダンジョンと未踏エリアで結ばれている。

もしさっきのゴーレムが、はるばるとこの迷宮まで歩いてきたとすれば――

「この先に、もう一つ、知られてないダンジョンがあるってこと？」

ダンジョンの最奥で、新たなる道は不気味に口を開けている。フェリクスさんが杖をついた。

「……北ダンジョンの捜索は、まずは十分です。一度、総長に報告しましょう」

僕らは互いに頷きあった。踏み込む前に、神殿へ報告に戻るべきだろう。

新しい力か、新しい魔物か、いずれにしてもこの先には何かが眠っているはずだ。

僕らは馬車に揺られて神殿に駆け戻る。

王都にはまだ南と西にも迷宮があるけれど、そちらにも北と並行して戦士団が入っている。鴉の戦士団は、一迷宮の調査が終わるごとに、神殿に帰ってくるよう求めていた。

無駄なく調査するためには、報告を統合する必要があるのだろう。

この辺り、ミアさんに言わせればやっぱり迷宮管理の専門家らしい。普通の冒険者と違って——統率とか、指揮がしっかりしている。

未踏エリアへの入口が『目覚ましの角笛《ギャラルホルン》』で開いているなら、他の戦士団でも最低限の調査は可能だ。結果によって優先順位を変えれば、時間を節約できるし、さらなる脅威があっても対応できる。

僕らが神殿に戻ったのは、正午の鐘が鳴る頃だった。迷宮に潜っていたのは二時間くらいだと思う。

神殿には大きな建物が二つある。

聖堂と、五階建ての大塔だ。

敷地の多くを占める聖堂は、文字通りお祈りのための立派な建物で、鍛錬場や鍛冶場も併設されているという。総長であるパウリーネさんがいつもいるのは、大塔の四階らしかった。

手早く昼食を済ませてから、僕らは塔を上がる。

僕らが総長室に入ると、パウリーネさんは大きな机から顔を上げた。

「予定より早いですが……順調のようですね。一報では、発見があったとのことですが」

フェリクスさんが、素早く事実を告げる。パウリーネさんは首肯し、僕らを隣の一室に招いた。

円卓が一つあるだけの、内緒話にはうってつけの場所。

鴉の戦士団で話を一緒に聞くのは、フェリクスさん、総長のパウリーネさん。魔法が使えるフェリクスさんは、杖で部屋に防音の魔法をかけたみたいだった。

ミアさんもどっかと椅子を引いて座る。口を結んだ様子に、声をかけた。

「み、ミアさん……」

「ここまで来たらね。あたしも肚《はら》をくくるさ」

赤髪を揺らして、腕を組む。

「想定よりよっぽどやばい事態みたいだ。今更あたしだけ抜けたら、追手がかかりそうだ」

……否定できないのが怖い。巻き込んだみたいで、申し訳なさもあった。

「ごめんなさい」

ばしっと背中を叩かれる。

「最後まで言わせな。それに、あたしもあんたやソラーナの仲間のつもりだからね」

そう言って、にっと笑ってくれるのが心強い。王都の冒険を経て、いつしか僕らは本当のパーティーになっていた。

「何より、こういうヤマは稼げる。口止め料含めて、報酬上乗せだ」

……本当に逞しいです。

やがて、母さんとルゥも入ってきた。僕は二人の姿に目を瞬かせてしまう。

「ルゥ……？」

母さんとルゥは、白い神官服を着ていた。施療院の仕事で母さんのは見慣れているけど、妹のは新鮮だ。そもそも新しい服もなかなか買えなかった、という事情もあるけれど。

二人は僕の左右に座った。左側のルゥは、落ち着かなさそうにぺしゃっとした帽子をいじっている。

「へ、変かな？」

「ううん。似合ってるよ！」

僕がそう応じると、フェリクスさんがえへんと咳払いする。

「本題に入りましょう。総長、リオンさんは十分な力と意思を持っています。何より――スキルが、神々が、規格外」

フェリクスさんは僕を見る。

「迷宮で見せた力の多くは、神々から受けた加護ですね？」

「はい」

僕は顎を引く。

集まる視線。空気がぴりっとしている。これは――取引だ。

ならやり方は学んである。自分の力と、相手へのメリットを堂々とテーブルに乗せて、交渉すればいい。

「僕はあなた方に協力できると思います。母さんと妹を、神殿で守っていただけるなら。そして――」

言葉を継ぐ。

「今度は、あなた方が知っていることを教えてください。僕と妹は、どうして狙われているんですか？　父さんが死んだことや、迷宮の異変と、関係があるんですか？」

『力』というメリットを示した後、対等の相手として、情報を明かしてほしいと要請する。

戦いに例えたら、守りを固めて切り込んだようなものかもしれない。

パウリーネさんはちらりと部屋の扉を見る。とん、と一度だけロッドをついたのは、響き方で防音の魔法を確認したのだろうか。

「まずは、お詫びとお礼を。説明が遅れたこと、オーディス神殿の者としてお詫びいたします」

頭を下げるパウリーネさん。高い帽子が傾いて、ミアさんが目を見開く。僕も貴族ってギデオンくらいしか知らないから、頭を下げてくれたことに驚いた。おまけに、この人は王女様でもある。

「そして、ありがとうございます」

パウリーネさんは僕に向かって目を細めた。

「特にリオンさん。あなたがいなければ、王都はもっとひどく破壊されていた」

大事な話が始まる。そんな重さがあった。僕の左右に座る母さんもルゥも緊張して、表情が張り詰めている。王女様は静かに口を開いた。

「過去の出来事から、順番に話しましょう。まずはお父上のことからです。冒険者ルトガーさんは、私達に協力していました」

予想してはいたけど、それでも驚いた。母さんも目を丸くしている。

「か、鴉の戦士団だったってことですか？」

僕が問うと、パウリーネさんはゆっくりと首を振る。

「いいえ。協力者、ということです。団員は限られていますし、私達が動いていることを知られないほうが調査には有利です。そのため、腕利きの冒険者に依頼を出すことがあるのです」

鴉の戦士団からの仕事を受けていた冒険者、ということかな。そういえば僕らの北ダンジョンの調査も、冒険者ギルドからの『依頼』という形だった。

「もちろん、依頼に戦士団の名前は出しません。普通の商家や貴族、あるいは研究家からの依頼を装います。報酬を渡して、ダンジョンの調査を代行してもらうのです」

確かに調査に入られたと思ったら、悪い人は証拠を消してしまうだろう。普通の冒険者にも、気づかないまま『鴉の戦士団』の依頼を受けている人がいるのかもしれない。

「お父上は、普通の冒険者以上のご活躍をされました。レベル50の冒険者といえば、そうそう代わりはいません。何人もの団員がお父上に助けられています。おそらく……」

パウリーネさんは微かに苦笑すると続けた。

「ルトガーさんは、依頼者が鴉の戦士団であったことを薄々は気づいていたのかもしれません。それでも協力要請を出し続けたのは、優秀な方であったことと、団員も、ここにいるフェリクスも含めて、お父上に敬意をもっていたからでした」

僕達に、パウリーネさんは視線を向けた。母さんと顔を見合わせてしまう。

「あの人は……何も言いませんでした」

「僕も知らなかったです」

「そうですか。最後まで伏せていてくれたのですね……」

パウリーネさんは俯く。顔を上げると、緑の瞳には意思が強まっているように思えた。

「お父上と鴉の戦士団は、ある集団を追っていました」

王女様の声が少し低くなる。

「奴隷商人です」

ギデオンのことが胸を過る。僕に決闘をしかけ、『奴隷』になるよう持ちかけた貴族の男。

「奴隷自体がアスガルド王国では禁じられていますが、残念ながら、根絶できているわけではありません。私達が追っている商人は、特に『珍しいスキルを持つ奴隷』を集めていました」

珍しいスキル――。

家族もミアさんもこっちに目を向ける。でも、僕はピンとこない。

「〈目覚まし〉は、確かに珍しいですけど……」

東ダンジョンから魔物が溢れたこと。目覚ましの角笛《ギャラルホルン》で神様を起こしたこと。

そして街を破壊し尽くした狼骨スコルと、空から降り注いだ全体メッセージ。

奴隷の話と、そんな世界のありようが変わってしまうような話が、どうしたって繋がらなかった。

パウリーネさんはじっと僕を見ている。この人達も、僕らがどこまで事情を知っているか、探っているのかもしれない。やがて王女様は肩の力を抜いた。

「我々も分かっていることを話します。ただ、その奴隷商人は明らかに普通ではない」

パウリーネさんは机に拳ほどの袋を置いた。

「特に脅威かつ異様なのが、こちら。ワールブルク家のギデオンが東ダンジョンにまいていたもので、屋敷や拘束した本人から押収しました」

確かに、僕が東ダンジョンで見つけた小袋とよく似ていた。王女様は言い足す。

「ギデオンが奴隷を探し、対価としてこれを受け取る。奴隷商人とギデオンは、そうした協力関係にあったと思われます」

袋から、炭のような中身が覗く。黒々としているけれど、未だに熱を持っているかのように時々赤く輝いた。危険そうで、不気味で、なのに引き込まれそうな美しさもある。

「奴隷商人は『巨人の遺灰』と呼ぶそうです」

そう言われて、触ろうとしたミアさんが手を引っ込めた。

「い、遺灰だって?」

「迷宮の封印を緩め、魔石の量や、アイテムの質を向上させるものです。封印を緩めるとは、より強力な魔物を目覚めさせていくという意味でもあります」

パウリーネさんは、辛そうに言葉を切った。

「……辺境の貴族を相手にも、この遺灰の力をちらつかせることで、奴隷を得たり、取引に目をつぶらせたりしていたようです」

僕は東ダンジョンで何が起きたのかを思い出した。

強まる魔物に、集まる魔石。多くの冒険者もやってきて、冒険者ギルドに集まっていく魔石量は従来の比じゃなかっただろう。辺境の領主が魅了されてしまうのも、わかるかもしれない。

「その……貴族を利用してたってこと?」

僕の問いに王女様は首肯する。

「我々は、奴隷商人の存在が全体メッセージと関わっていると思います」


――終末を繰り返さないために。


そんな、夜空からのメッセージを思い出す。

終末。突きつけられた言葉は、理解しようもないまま、心の隅にずっとわだかまっていた。

それって、なんなのだろう。繰り返さないってことは、一度は起こったってことだよね?

ポケットの金貨が少し熱くなる。

『リオン』

頭にソラーナの声が響く。

『そろそろ、わたし達も出ていきたい。いいかな?』

僕は頷いて、金貨を円卓に載せた。

手のひらサイズのコインは窓からの光を弾き、彫り込まれた女神様が優しい笑みを結んでいた。

「お兄ちゃん、それは……？」

ルゥが不安そうに訊いてくる。僕は妹に笑いかけてから、金貨に手をかざした。

「大丈夫だよ……目覚ましっ」

鴉の戦士団と、神様達の対面だ。


『終末』という言葉が出たからだろう。

封印解除された神様達が、光を散らして金貨から飛び出してくる。大きさはみんな人形サイズで、それぞれテーブルの上に乗った。

赤髪を振り乱した、荒布装束の雷神トール。黒いローブの魔神ロキ。革鎧で狩人風の狩神ウル。青い鎧で、同じ色の髪をなびかせた女神様は、薬神シグリスだ。

そして、オーロラのような帯をまとったソラーナが、最後に円卓へ降り立つ。輝きと一緒に金髪が緩い風になびいていた。

「紹介しよう」

ソラーナの言葉を合図に、五人の神様は順々に名乗っていく。ミアさんが首をひねった。

「なんかみんな小さくない？」

手のひらサイズの神様達が、ぎくりと身を固くする。

ソラーナが慌てて指を立てた。

「こ、今回だけだ。昨日の戦いに加えて、長い封印から目覚めたばかりだ。魔力を節約するこの姿のほうが、長く話せるだろう」

僕は苦笑しながら、この部屋の家具をチラッと横目で見てしまった。

彫り細工が入った棚。暖炉脇の壷。ここで神様みんなが、僕の家みたいに現れたら――絶対、また借金生活だ。昨日のこと、神様達も反省してるのかも。

小さなソラーナが、円卓の中央に浮かび上がる。

「話は聞かせてもらった。おそらく、わたし達は神話を知る者として、君達の疑問に答えられる。魔物達が言う終末とは、何かということも」

女神様は言い淀んだ。視線が母さんやルゥに向かう。

「ただ、今まで伝わっていた神話とは違うだろう。衝撃を受けることもあると思う」

僕は顎を引いた。

この国の神話は、魔物と神々が戦い合って、最後には神様が勝利したというもの。魔物と迷宮は資源として、そして戦う術《すべ》を忘れないための試練として、人間に残された――そんな勝利の物語だ。

でも、僕は東ダンジョンで真実を知ってしまった。

そこにいたのは、魔物に囲まれた雷神トールの姿だったのだから。

神々は魔物に圧勝したのではなく、敗けそうだった。だから全てを魔法の氷に包み込む『封印』という方法をとって、味方ごと氷漬けにせざるをえなかった。

「……気持ちは、固まっているか？」

覚悟を問いかけられて、みんな順々に頷いていく。母さんも、ルゥも、首肯した。

「では、目を閉じてほしい。少し夢を見てもらう」

僕は瞼を下ろす。女神様の声は、耳ではなく頭に直接響くようになった。

『まずは「巨人」について伝えよう。魔物を解き放つ遺灰について』

ソラーナは言った。

『太古の情景を、君達に見せる』

視界は、本当に真っ暗だ。

距離さえ掴みにくい闇だけが広がる。けれど、右側からとんでもなく大きな氷塊が、左側から同じく巨大な火の粉が、迫ってくる。二つは合わさって、一つの大きな光になった。

まばゆい輝きは、強まったり、弱まったりを、一定の間隔で繰り返す。いつの間にか、空間を揺るがして音も轟いていた。

これ、鼓動――？

光の心臓は、周囲にあった火や氷の破片を吸収して、大きくなっていく。やがて輝きはパン生地を引き伸ばしたみたいに上下へ伸び、『肉体』を創り始めた。

頭や、腕、脚が徐々に光から現れる。

『世界にまだ何もかもがなかった時代。世界最初の生き物が、冷気と熱気、あるいは氷と火――二種類の魔力の衝突によって生み出された』

何もない、空隙としか言いようのない暗闇に、雄叫《おたけ》びが響いていく。

野太いものだったけれど、僕には産声《うぶごえ》と聞こえた。

『このものは、「巨人」という』

その名のとおり、大きな人型だとわかった。闇に浮かんでいるうえ、おそらく遠く離れているから、正確なサイズはわからない。

それでも、もし間近にいたら、見上げるような大きさだろう。

暗くて顔立ちは判別できない。荒々しい金髪が、闇でたゆたっているだけだ。

最初に生まれた巨人は、両手を合わせると、そこに光を集めていく。

『名を、原初の巨人ユミール。この巨人は魔力によって何かを生み出す、「創造」という力を持っていた。魔力によって行使される特別な力をスキルと呼ぶなら、この「創造」こそ最初のスキルだろう』

巨人は自らのスキルで、より小さな人型を生み出していく。

『ユミール自身が、この「創造」によって魔力から己の体を創ったのだ。同じことを、より小さな存在を創る時にも繰り返した』

ソラーナの声は、続ける。

『それが、神々の始まりだ』

声を失ってしまう。神様がいたのは知っていたけれど、そのさらに前に——神々を生み出した存在がいたなんて。

『巨人が今の神話に登場しないのは、神を崇めるには不都合だからだろう。さて——』

暗がりには、すでにユミールの他に数名の神々が生み出されていた。

『強い力を持つ神々も、その祖先はこうしてこの巨人が戯れに創り出したもの。そして戯れゆえに
――残酷な結果が待っていた』

生み出された人型、神々の祖先。彼らのうち一人が、巨人に掴み取られる。そして――口に運ばれた。

「食べた……？」

声が漏れてしまう。

視界が暗くなる。

『神々も、この巨人の前では創られたものにすぎなかった。神々の祖先は巨人によって生み出され、そして失敗作を壊すように戯れで殺された。だからこそ、神々の最初の戦いもここで起こった』

聴覚を塗りつぶす断末魔が頭蓋骨に反響した。

『神々の祖先は、力を合わせてこの巨人ユミールを倒した。激戦ゆえ、創造された神は、一人しか残らなかったが』

ただ一人残された神様は、手にまばゆい光を持っていた。さっき巨人ユミールを生み出した魔力の光が、今は神様の手にある。

『残された神は、最初のスキル「創造」を奪い、わたし達が棲む世界を改めて創造していった』

虚無だった場所に創り出されていく、海、陸、そして星々。

他の神々や、人間もこの時に生み出されたみたい。

最果てから太陽が昇り、生まれた世界を祝福するように照らしだした。

『無論、何千、いや、何万年という時間を縮めて見せているが』

何百年、何千年、あるいは何万年という歳月が、夢の中で展開されていく。

生み出されたばかりの陸地には、最初は岩しかなかった。だけど神々が木を生み出せば、人間がそれを育てる。

海に魚を放てば、人間は木から船を作って航海する。

聡明な神々の恵みを、人間達は努力し、工夫し、殖やしていく。

時には、僕の知らない獣の姿や、大人の腰までくらいしか背丈がない——まるで物語の小人のような姿も見られた。大昔には、もっといろいろな生き物がいたのかもしれない。

『だが、神々の敵は、死に絶えたわけではなかった。神々を創り出すのと同じように、巨人ユミールはさまざまな闇のものを生み出していた』

創られた世界の、光が届かない片隅。そんな暗闇に浮かび上がったのは、巨大な人影。何体かは炎をまとって、爛々と輝く目が人間と神々の暮らしを睨んでいた。

『まずはユミールに似せて創られた、他の巨人達。特に力の強いものは、魔力を帯びた炎をまとい、追って神々や人間に立ちふさがった』

炎の巨人。

見上げるほどの彼らがまとう赤黒い炎は、魔物を目覚めさせてしまうあの遺灰を思わせた。

続いて暗がりに浮き上がる、丘を一周してしまうような巨大な蛇。大蛇は炎の巨人達と比較しても、なお大きい。

『ユミールは、さまざまな敵を遺していた。神々と、神々に創られたものに復讐を遂げるために』

緑が満ちていた世界を、だんだんと黒い波が覆いだす。

目を凝らすと、それは蹂躙する魔物達。

角笛の音が高く響き渡る。

ゴブリン、コボルト、オーク、スケルトン。僕らがよく知る存在が大地を覆い尽くしていた。目を血走らせた小鬼に、闇をまとう人骨。唸りは一纏まりになって不気味な風鳴りのようだ。

『これが終末』

ソラーナが言う。

『神々が始めた戦い、その応報が、ユミールが遺した魔物らによってもたらされた』

ごくっと喉が動いた。眼下で展開されているのは、焼かれる畑に、砕かれる石壁、そんな王都の惨状をも思わせる光景で。

「こんなに、大勢の敵がいたの……?」

『ユミールに遺されたものは、さらに神々の敵を増やした』

ソラーナは言葉を切る。

『生き物を歪める形でね。君達が見たゴブリンやコカトリス……いずれもそうなる前の姿がある』

僕は想像してみた。

確かに、スケルトンはもともとは人骨。コカトリスは鳥と蛇が混ざった存在だ。

「他の生き物を、混ぜたり、魔法をかけたりして……？」

『そうして、神々の敵を増やした。こちらとしては、味方がどんどん敵に変わったようなもの』

ゴブリンやオークにだって、そうなる前の姿がきっとあったのだろう。

『原初の巨人ユミールと、その同族として生み出された巨人達。そして、ゴブリンなど、追って生み出された魔物。いつかそれらは一纏めに、神々の敵として、魔のもの、つまり魔物と呼ばれた』

これが、魔物が生まれた理由。神様への仕返しのため、か。

燃え盛る大地の中で、雄叫びが轟く。それは、世界最初の空隙に響いたそれと、まったく同じに聞こえた。

「ユミール……？」

焼かれた大地に、一人の男が立っていた。

『神々が殺めたはずの原初の巨人ユミールも、この時には再び姿を見せている。その者の核となるスキル「創造」は失われていたが……復活の理由は、未だにわからぬ』

平和だった世界を、戦火が襲う。神々と人間は必死に戦ったけど、ダメだった。

地下にある迷宮をソラーナは避難所――シェルターと呼んでいたけど、これなら実感できる。地上は魔物に満たされていたんだ。

蹂躙の光景は続く。

世界を優しく照らしていた太陽も、いつしか陰っていた。青空は失われ、世界は黄昏《たそがれ》に染まっている。地上を破壊した魔物達は、続々と地下へ流れ込んだ。それはまるで、黒い水が水門に流れ込んでいくよう。

世界が炎に包まれそうになる直前、天上から一振りの槍が投じられた。槍は地面に突き立つと、冷気をまき散らす。吹雪はやがて全世界を覆い、魔物も、神々も、人々が隠れたシェルター——今のダンジョンも全て氷に閉ざした。

『主神オーディン。「創造の力」で世界を創り、こうして終末を押しとどめた神の名だ』

ソラーナは言い足す。

『今、オーディスと名前を変えていると思う。が、その力や職能は紛れもなくオーディンだ』

何もかもが凍てついた光景に、心が寒くなる。

僕は声も出せないで、氷に包まれた、滅びかけた世界を見渡した。

『……この光景からも、人間は王国を創り出した。魔物や神々を封じる封印だが、魔力が少なくとも生きられる人間は、何よりも早く封印の氷から逃れた。そして、オーディスと名を変えた神に導かれ、今の国を創るに至る』

途中からは、僕らが知る建国の神話だ。

主神は、新しい名を必要とした。不名誉な過去を隠し、偽りの神話を始めるために。

『……これは想像だが、最初期の王国では、まだ地上に魔物が多く残っていたはずだ。地上の封印が今と同様、迷宮ほど強くないのであれば、氷から抜け出る魔物もいただろう。ゆえに主神の意を受けて、地上で魔物を倒した人間の戦士が、建国の初期にいたはずだ』

「それって——」

『鴉の戦士団の前身。貴族もそうかもしれぬな』

貴族には優秀な戦闘系のスキルが宿るという。それは建国初期に戦った人の末裔だから？

じわじわと夢が閉じゆく。

弱まった太陽が、涙をこぼすように黄金の雫を地上に落とした。

『……見てほしい。あれが、わたしだ。太陽の女神である母さんを魔物に喰われ、わたしは残され、眠りについていた。リオンに目覚めをもらうまで、ね』


夢の情景は終わった。ソラーナの声がする。

「もう平気だ。目を開けて」

閉じ切っていた目に、窓からの日差しが眩しい。でも、黄昏とは違う明るい陽光でほっとした。

目が慣れてくると、人形サイズのソラーナが円卓の中央に浮かんでいる。

「……すまない」

女神様は詫びた。僕の隣に座る母さんとルゥを、順々に見やる。

「やはり、辛い光景であったと思う」

二人とも青い顔をしていた。どっちも昨日初めて神様を知ったばかりだし、ルゥも荒事の話を聞いたことはあっても目で見るのとは違うだろう。

母さんが緩く頭を振った。

「……平気よ、リオン」

何度か息をついた頃には、落ち着いた顔に戻っていた。

「確かに驚いたわ。魔物が、神様も倒しきれない存在だったなんて……」

母さんは悲しげに目を細める。

「でも、わかるかもしれない。あの人を死なせてしまったのも、魔物だったのだもの」

「私も大丈夫だよ、お兄ちゃん」

ルゥが身を乗り出してきた。空色の瞳で、浮かぶソラーナを上目遣いに見つめる。

「……女神様だったんですね」

ソラーナへ、妹は両手の先を向けた。

「お母さん。この方、私を治してくれたの」

「……ルイシアを？」

女神様はにっこりする。日差しに負けないくらい、温かい微笑みだった。

「うむ。リオンがそう願ったからな。わたしは、君のお兄さんの頼みを聞いただけだよ」

母さんは胸に手を当てて、深々と息を吐いた。

「それでも、ありがとうございます。神様というのは、やはり、本当なのですね」

黙っていたパウリーネさんが、テーブルできつく組まれていた手をほどいた。

「私からも感謝いたします。王族が引き継いでいる神話と大筋は同じでしたが、初耳の部分もありました」

僕は問い返してしまった。

「知ってたんですか……」

「ええ。神々のお話どおり、建国時に先祖が働いたことも伝わっています」

考えてみれば、この神話を知っているか知らないかで、迷宮調査の重要度は大きく変わる。戦士団だけには、本当の神話が伝わっていたのだろう。

「ただ、詳しい当時の様子は伝わっていません。主神が名前を変えていたことも、驚きました」

僕もそこには頷いた。

――オーディン、か。

長い時間の中で、当時の物語は失われている。建国の時、オーディンから指示を受けていた人々がどんな思いでいたのかはわからないけど――完全に、駒のような扱いだったのかもしれない。そうでなければ、その人達も何か後世に残すだろう。

小さなソラーナが、空中で王女様に向き直った。

「見せたとおり、『巨人の遺灰』とは、魔物にとっては彼らの長《おさ》らの遺灰ということになる。そこに魔物達を昂らせ、封印を破る魔力が宿っている」

ソラーナは言葉を継いだ。

「そして、奴隷商人が珍しいスキルを探しているというのも、気がかりだ。なぜなら強力な魔物には、敵の力を喰らい、我がものにするものもいる。彼らの長、巨人から受け継いだ力だ」

狼骨スコル、そう呼ばれた魔物は、女神様に噛みついていた。あの時は、ソラーナは一気に力を失い、相手は記憶を読んでいたようだけど――。

僕は顎に手を当てて、考えを整理した。

「遺灰も、珍しいスキルも、魔物の力を高めるもの？」

黒いローブを揺らし、ロキが円卓でくるりと回った。

「珍しいスキルを喰らったほうが、魔物どもは力を増すのかもしれない。スキルが神の力の一部だとすれば、珍しいほうが、神の個性が残っている」

「懸念はまだある。珍しいスキルとは――今回で言えば、〈目覚まし〉のようなものを探しているとしたら、どうだ？」

あ、と気づいた。

もし敵が捕まえた奴隷のスキルを使えるのだとすれば、僕の〈目覚まし〉はまずいことになる。もともとは、『封印解除』の力。魔物が使えば、魔物の封印を解いても不思議じゃない。今は神様や、古代の道具とか、いいものばかりが目覚めているけれど、悪用される恐れはある。

ミアさんが眉を上げた。

「……『外れスキル』に見えても、連中にとっては『当たりスキル』かもしれないってことか」

ソラーナは首肯する。

「その奴隷商人は封印に抗《あらが》う術を求めて、珍しいスキルを探しているのかもしれない。いずれにせよ、『巨人の遺灰』だけでは彼らの目的にはきっと不十分なのだ」

ぞくりと背筋が寒くなる。話を聞く限り、遺灰はスコルみたいな強大な魔物を目覚めさせた。それでも不十分な魔物って――どんな相手なんだ。

「で、でも、ルゥを狙う理由は……？」

妹は、そもそもまだスキルを持っていない。パウリーネさんが告げた。

「スキルは体質に似て、親族の間で近しいものになることがあります」

ルゥが目を見開く。

「じゃあ、私にも……お兄ちゃんみたいなスキルが？」

スコルとの戦いで見た、ローブの女性が脳裏を過った。妹を狙う言葉を残したあの女性もまた、奴隷商人なのだろう。

ルゥはぎゅっと僕の袖を握った。

「……家の側に来ていた人も、普通の感じじゃなかったわ」

不気味な沈黙が続く。咳をした音が、妙によそよそしい。窓の外は春が近いというのに、部屋だけが妙に底冷えして感じる。

僕は、王女様の緑の瞳が辛そうにさまよっていることに気づいた。こっちと目が合う。意を決したように、パウリーネさんは口を開いた。

「もう一つ、魔物について、よろしいでしょうか？」

王女様は僕らを見渡す。

「鴉の戦士団は気がかりな魔物と一度遭遇しています。『血の夕焼け』――王都の西で起きた、魔物の大量発生です」

全身の血が固まったみたいに、僕は動けなくなった。

「……父さんが死んだ戦いです」

「『巨人の遺灰』、そしてそれを扱う奴隷商人については、当時からすでに戦士団は掴んでいました。やがてその遺灰が、荒野の遺跡に運び込まれていることを突き止めたのです」

パウリーネさんの声は少し暗さを増した。

王女様は遺灰に手を伸ばして、こぼれた部分を指先ですくう。灰はすぐに黒い煙になって消え、手袋は真っ白に戻った。

「魔物などいるはずのない、古ぼけた遺跡に過ぎませんでした。けれど、そこから大量の魔物が発生していています。戦士団も戦力を集結していましたが、王都から騎士や冒険者が派遣され、激しい戦いになりました」

僕は、王女様が意図して淡々と話そうとしていることに気が付いた。時折、唇が震えるのを、こらえているもの。

「冒険者ルトガーさん――あなた方のお父上も、多くの戦士団と共に命を落とされました。魔物が湧き出し迷宮と化した遺跡で、敵を引き付けてくださったのです。より、詳しくお話しても？」

僕ら家族は視線を交わす。みんなで頷きあって、僕から王女様へ伝えた。

「お願いします」

「では、当時のことは、フェリクスから」

フェリクスさんが顎を引き、話し始めた。

「ルトガーさんはそこで角笛を私達に遺してくださったのですが——その際、言葉も残されています。異様なほど強大な、人型の魔物を目にしたと」

フェリクスさんは細目の間に皺を寄せていた。握られた拳が、この人の悔しさを伝えてくる。

「直接戦闘をした冒険者で、生存はありません。そのため細部に不明点が多いのですが——ルトガーさんは、その魔物を押しとどめる時間稼ぎをして、鴉の戦士団をも大勢逃がしました。私も含めて」

僕が驚いてフェリクスさんを見上げると、この人は表情を緩めた。

「恩人なのです」

そう、だったんだ……。父さんは僕に目覚《ギャラルホルン》ましの角笛を残しただけじゃなく、強大な魔物を押しとどめ、大勢の仲間をも守った。

王女様が告げる。

「その魔物は、結局、迷宮の外には出ませんでした。深い層でなされた時間稼ぎが奏功《そうこう》し、再び封印に囚われたのでしょう。少なくとも今は、遺跡に魔物はいなくなり、厳重に警戒されています」

それでも、父さんには生きていてほしかったけど……。

フェリクスさんが頭を下げた。

「協力のあったご家族を守れず、申し訳ない」

「いいえ」

僕は首を振り、少し目を閉じた。複雑な気持ちもあるけれど、冒険者にはその覚悟が必要だ——。

「……父さんの最後がわかって、よかったです」

母さんが涙をぬぐう。フェリクスさんはしばらくの間をおいてから、再び話し始めた。

「当時、遺跡全体を揺るがせる咆哮が響いていました。ただの魔物でなく、おまけに大きな人型であったというなら――神々に見せていただいた巨人と関係があるかもしれません」

僕は右手で額を押さえながら、左手を振った。知ったことがかなり多くて、混乱してしまいそうだ。

「え、ええと。つまり――敵は、巨人の遺灰や、封印を破るスキルで、世界中でそういう強い魔物を目覚めさせようとしてる……？」

僕らが顔を見合わせる中、ソラーナが頷く。

「だとすれば、全体メッセージの『終末』という言葉とも符合するだろう」

いったい、どんな魔物が目覚めてくるというのだろう。

僕の脳裏に、神話時代の雄叫びが何度も反響して聞こえた。原初の巨人の雄叫びが。


少しだけど、状況が見えてきた気がする。もちろん推測頼りの部分もあるけれど。

僕が狙われていたのは、珍しいスキル〈目覚まし〉に目を付けられたから。僕の妹ということで、ルゥも標的になったのだろう。同じようなスキルが発現するかもしれないから。

父さんは鴉の戦士団の協力者でもあって、おそらく『巨人』という種類の魔物によって殺された。

敵は同じような強力な魔物を蘇らそうとしていて、そのために〈目覚まし〉が必要なんだ。もし東ダンジョンで僕が敗れていたら、僕ら家族は、同じ陰謀に蹂躙《じゅうりん》されたことになる。

ぎゅっと手を握った。

——そんなの、許せない！

許せるわけがない。

パウリーネさんが静かに話しだした。

「血の夕焼けで、戦士団も痛手を受けました。当時の総長を含め、多くの団員を喪っています」

『総長』と言葉を発しながら、パウリーネさんは胸元に手を当てた。

「戦士団の長は、王族の血筋と、特殊なスキルが必要です。以降は、若輩の私が総長に。戦士団が今ほど力を取り戻すまでは、表立った行動はできませんでした。一部の貴族、特にギデオンの横暴についても知ってはいましたが、奴隷商人の手がかりでもあり、泳がせるしかなかったのです」

パウリーネさんは辛そうに目を伏せる。

「申し訳ありません。ですがこれ以降は、リオンさんのご家族は神殿でお守りします。これはリオンさんの協力を得るためだけでなく、ルトガーさんへのお詫びとして」

ミアさんが顔をあげる。

「……もしかして、東ダンジョンにあなたが自ら来られたのも、関係がある？」

王女様は、机にたてかけられたロッドを見る。杖の先端には宝珠が載り、深い青色は窓からの光を吸い込んでいるかのようだ。

「私には、王族として、スキル〈封印〉があります。迷宮に施された封印について、強さを感得したり、時には強めたり」

王族に封印関連のスキルが宿るのって、本当だったんだ。パウリーネさんは驚く僕へ苦笑する。

「普段は封印の強弱を感じるだけです。ただ、東ダンジョンで封印がどの程度緩んでいるのかは、実地を確かめる必要があると思えました」

王女様は、ロッドの宝珠に指で触れた。澄んだ音が鳴って、少し冷気を感じる。

スキル〈封印〉にまつわる、特別なアイテムなのかもしれない。

「東ダンジョンに私が潜った当時、すでに封印が緩む兆しがありました。その後、我々は貴族らの証拠を押さえ、戦士団を迷宮に踏み込ませたのです」

「あ、それで……」

思えば、鴉の戦士団が迷宮を封鎖したのは、パウリーネさんが来た少し後だ。

でも、偉い人なのにすごく危険なことをしたと思う。フェリクスさんが目元をもんでいた。

「パウリーネ様は、無茶をなさったと思います」

「ですが、封印の緩みについては確信が持てましたよ?」

パウリーネさんは背筋を伸ばし、はっきりと言う。口元に、勝気な笑みが閃いた。

「何より、東ダンジョンの現況は、目にしておきたいと思っていました。『巨人の遺灰』がいかに迷宮を変えてしまうのか、鴉の戦士団の長として。……少し、情けない姿を見せたと思いますが」

ミアさんが肩をすくめ、僕も思わず頬が緩む。

円卓から、厳めしい声が聞こえた。

「なるほどな」

雷神トールは、遺灰を納めた袋に背を預ける。人形サイズでも、分厚い体にテーブルが揺れた。

「もし当時の魔物が次々と目覚めれば、封印なんてもう意味がねぇ。それこそ終末の繰り返しだ。リオンに角笛がなけりゃ――やばかったな」

逆に言えば、とトールは口の端っこを引き上げる。赤い目はもう戦う気でいっぱいに見えた。

「目覚ましの角笛《ギャラルホルン》には、大勢の神々を封印解除する力がある。敵が遺灰で封印を解けるように、こっちだって戦いようはある。だろう？」

円卓の上で、神様達の議論が始まった。

「ふむ。神々の同盟者を目覚めさせれば、新たな武具を見つけられるかもしれない」

「ボクの迷宮に、そういった坑道があったね」

「シグリスは、まず目覚ましの角笛《ギャラルホルン》を調べるべきだと思いますが……千年で力を維持しているとも思えません」

「なら、なおさら同盟者だ。神具の調整には……」

僕は慌てて手を振る。

「ちょ、ちょっと待ってよ！」

神様達がきょとんとした目でこっちを見た。話がどんどん進む前に、僕だって聞きたい。

「この角笛が何なのか、まだわからないんだけど！」

ポーチを開けて、角笛を取り出す。金飾りや宝石がきらりと輝いた。

神様の道具というのも納得の、美しい角笛だ。

でも、あの夜のような圧倒的な力は感じない。北ダンジョンでも特に反応はしなかったと思う。

「……僕にしか使えないの？」

震えた声が、情けない。敵の大きさを知った今、胸に怖さがわだかまっている。

小さなソラーナがふわりと僕の顔に近づいた。女神様は僕と目を合わせ、顎を引く。

「リオンの問いはもっともだ。それは、ヘイムダルという神が持っていたもの。神々の道具――神具ともいう」

神様の、道具か。トールの鎚みたいなものかな。

「ヘイムダルは神々を鼓舞し、その魔力を高める能力を持っていた。大封印時代でも前線で戦っていたが、おそらく血の夕焼けの場所で倒れたか、封印されたのだろう。そして残された神具だけを、君の父君が見つけた」

女神様は、僕を見据える。

「君達のスキルは、もともとは神々の力をオーディンが人間に配ったもの。〈目覚まし〉はヘイムダルの能力を人間に宿したものだとすれば、今のところ、リオンしか使えまい」

僕は目を閉じて、心に昨日のことを思い描く。

大きな手が僕の頭をなで、褒めてくれたような気がした。父さんのこと、神話のこと、憧れて見上げているだけだった存在が、すぐ近くに感じられたような。

「リオン、わたしは……」

「平気だよ」

僕は女神様に微笑んだ。最初に会った時、心から誓った言葉は――『優しい最強』。

「ソラーナへの誓い、嘘じゃないよ」

息をのんだソラーナは、目を開いて僕を見た。

「――君が信徒であったのが、何よりの幸いだ」

僕とソラーナは、互いに頷きあう。気づくとみんなからの視線が集中していて、なんだか恥ずかしい。ルゥがこんな時なのに目をキラキラさせて両拳を作っていた。

「あ、えっと……とにかくっ」

僕は大げさに咳払いして、話を戻すことにした。

「……持ち主の神様の話で、気になることがあります。この角笛を吹く時、声が聞こえた気がしたけど」

小さなトールが目をむいた。

「なに!?」

僕の方に歩み寄って、角笛に向けて浮かび上がる。太い顎を、これまた太い指がなでていた。大きな目のせいもあって、人形サイズなのに迫力がすごい。

「……今は、そこまでの力は感じねぇな」

ふむ、とソラーナも首を傾げる。

角笛を吹いた時に聞こえた声は、優しく、力強かった。どこかで眠る神様が、僕を褒めてくれたのかも――なんて考えると、また少し誇らしい。

僕はソラーナへ問いかけた。

「その神様も、目覚めを待っているのかな」

「可能性は、ある。ただ神々の場合、声が届いたとしても、本人はもう亡《な》いこともあるから……」

角笛の神様を探しに動くにはまだ早い、か。僕は、円卓に浮かぶ五人の神様を見る。

「僕らが助かるには、もっと情報が必要だね」

思い当たる場所がある。パウリーネさんが促した。

「何か考えがあるようですね」

「はい。北ダンジョンの先が、ずっと気になってます」

さっき見つけた、未踏エリアから延びる坑道だった。新しく開いた迷宮は、きっと何かの変化が起きたからこそ、進めるようになったのだと思う。

黒いローブを揺らして、ロキが怪しくにんまりした。

「北ダンジョンの先は、神々の同盟者がいた迷宮に繋がっている。そこは、神話時代、東ダンジョンや北ダンジョンよりもさらに前線に近く、確か巨人の攻撃を受けていたはずだ」

「巨人……」

敵が鍵とするアイテムが『巨人の遺灰』であるなら。同じような魔物がいた場所を調べれば、敵の狙いや、ルゥを求める理由について、もっとヒントが得られるかもしれない。

ロキは言い足す。

「同盟者は、技術者でもあった。情報収集以外に、戦力強化の目もあるだろう」

「そこなら——」

立ち上がりかけて、僕ははっと言葉を飲み込んだ。ルゥや母さんが、不安そうに僕を見ていた。

「……ごめん。ルゥ、母さん」

今まで東ダンジョンに潜っていたのとはわけが違う。父さんは死んでしまった。いつもよりさらに危険な場所へ行こうとする僕に、みんなが心配しないはずがない。

「でも……」

「いいえ、リオン」

母さんは緩く首を振った。

「これは本当に大きな出来事。母さんのことは気にせず、一人の冒険者として、あなたが思う通りにやりなさい」

まっすぐ僕を見る母さんに、胸が詰まった。ルゥも立ち上がる。

「わ、私も平気……！」

妹は言葉をもつれさせる。それだけで迷っているとわかったけれど、空色の目は真摯だった。

「……今まで、私のために、王都で起こし屋も、冒険者も、やってくれたんだもの」

そこまで言われて、僕はふと気が付いた。確かに不安もあるし、怖くもあるけど、それだけじゃない。父さんから角笛を引き受けて、神様と迷宮の秘密を解き明かすのに——誤魔化《ごまか》さず、直視すれば、僕はワクワクしてもいる。

落ちこぼれだった僕に、物語で聞いたような本当の冒険が訪れた気がして。

「ルゥ……」

「私のためだっていうのも、わかってる。でも……行ってきて！　今まで、たくさんの人を起こしてきたんだもの。今度はお兄ちゃんが起きる番なんだよ」

後ろめたさに迷っていた背中を、小さな手でポンと押された気がした。

「私も、頑張る。スキルが発現するかもしれないし。神殿で、そういう練習、できるみたいだから」

ルゥは王女様の方を見やる。神官服を着ているのは、妹もまた神殿で修行ができる、という意味か。

うん、と僕は頷いた。

「次は、神話時代の技術者がいる、坑道エリアだ」

青水晶の短剣のような古代アイテムや、当時の鍛冶師なんていうのもいるかもしれない。

「行こう、神様！」

神様達がきらめきを残して金貨の中に納まった。ミアさんが口角を上げ、フェリクスさんが杖をついて立ち上がる。

次のダンジョンが決まった。

王都の北側に出現した、坑道迷宮だ。

話し合いが終わり、フェリクスさんが部屋の窓を開く。吹き込む風には春の気配がした。

坑道迷宮の巨人

Gjallarhorn
awakening the Gods

青空を模《も》した空間に、五柱の神が浮かんでいた。

本物の空ではない。リオンの金貨に宿る神が、意見を交わし合うために用意した場所である。人間が重要な話をする時に個室を用いるようなものだった。

黒いローブの魔神ロキが、肩をすくめて口火を切る。

「――というわけで、次の目的地は北ダンジョンから繋がる『坑道迷宮』となったとさ」

どよんとしたタレ目を周りへ向ける。大げさな身振りは、まるで道化師だ。

「妙なことになったねぇ？　封印の眠りから覚めたかと思ったら、また魔物による終末が迫ってる。オーディス――面倒だな、オーディンとしようか。オーディンには何か狙いがありそうだし、敵の狙いもまた『強大な魔物を目覚めさせる』以外ははっきりしない」

ロキ以外の神々は沈黙している。

意見がないというより、多くのことをロキ自身が語ってしまったのだ。魔神――魔法を得意とする魔神ロキは、口数の多さでも他の神を圧倒している。

ぴっとロキは他の神を指し示す。

魔神が水を向けたのは、狩装束に、茶髪のおさげをした狩神ウルだった。

「ウル、君の意見を聞きたいな？　坑道は君がいた北ダンジョンの深部から伸びているようだけど？」

「うん……」

狩神ウルは顎をなでる。とび色の瞳は、周囲の青空をさまよっていた。

「あの坑道の先には、神々に仕える職人達が棲んでいた。もし、リオンが目覚まし、つまり封印解除ができるなら、謎の答えだけじゃない、古代のアイテムだって手に入る」

「収穫は期待できるってこと？」

「ああ」

涼やかな声が、二神の間に割り込んだ。

「ですけれど」

青い鎧に、青い髪の女神。薬神シグリスは、同じ色の目でロキ達を見据える。

「危険もあるでしょう。古代のゴーレムが、その坑道を通ってきたことは確かです」

「リオン達は『巨人の遺灰』の影響かもって言ってたね」

首肯するロキ。

北ダンジョンの未踏エリアが発見されてから、一夜が明けている。その間にリオン達も議論をして、『巨人の遺灰』が坑道の先にまかれている可能性を危ぶんでいた。東ダンジョンのように。

「ただ、シグリスも調査は必要と思います。魔物の封印を緩める遺灰、その入手法や詳しい効力さえ、私達はまだ知りません。だからこそ、神話時代に巨人がいた迷宮で、彼らについて調べることもまた、収穫かと」

シグリスが意見を終える。

直後、ぶおんと重たい風鳴りを起こして、巨大な鎚が旋回した。柄《つか》を握っているのは薪のような指。巨大な掌が金鎚を持ち上げ、岩山のような肩にかついだ。

青白い雷光が、鎚頭で弾けている。

「今、あれこれと心配しても仕方がねぇ」

雷神トールはぎょろりと大きな目で神々を見やる。たてがみのような赤髪が微風に揺れていた。

「潜ってみねぇことには何もわからねぇ。なら、行くしかない。違うか？」

トールは太い首を回す。

「それに、お前達は何を迷ってるんだ？　俺達が目覚めたなら、やることは決まってるだろう」

ロキはタレ目を鋭く細める。

「というと？」

「軍勢を再興するのさ。神々のな」

トールは身を反らし、胸を張った。

「リオンに神を目覚めさせる力があるなら、話は早ぇ。敵が、魔物どもを蘇らせていくなら——こっちも神々を復活させるのさ。迷宮が各地にあるなら、俺達のように目覚めを待ってる神々だっているだろう」

雷神は言い切った。

「それで、勝てる」

風が青空を渡っていった。静まりかえる議論に、トールは眉をひそめる。

「……なんだ？　正しいだろ？」

青空の議場には、光が一際よく当たる場所があった。太陽の光が集まるそこは、神々を宿す金貨の主――太陽の娘がいる位置である。

金の髪と瞳をきらめかせて、ソラーナは言った。

「ロキはこう言いたいのだと思う。それでわたし達は、過去に負けたではないか、と」

トールが押し黙る。無限に広がる青空の中、巨体の背後に黒い雲が立ち込めた。暗雲で雷が光る。

大きな目が魔神ロキを睨むと、にやりとした笑みが返される。

「……そうなのか？」

「ま、実のところそうだ」

「勝てないってのか？　それでも、やるしかないだろう」

トールは強く鎚の柄を握りしめる。

「……じゃなけりゃ、千年前に散った連中に合わせる顔がねぇ」

神々もアスガルド王国が『大封印時代』と呼ぶ出来事と、その嘘について知っていた。神々が勝利し、資源として魔物を迷宮に封じたという神話が伝わっているが、実際には逆だ。

神々は負けかけている。だからこそ、魔物を神々《なかま》ごと封印する非常手段しか取れなかったのだ。

雷雲を背負うトールに向けて、ソラーナは話し出す。女神の体は変わらず陽光に包まれていた。

「わたしは、当時と同じ考えでは、同じことになると思う」

うまく言えぬが、と呟いてから、ソラーナは続けた。

「今、この世界は多くの人間が暮らしている。神々だけでなく、彼らの力がカギになると、わたしは思う」

トールは呟いた。

「……リオンか」

「彼だけではない。その妹も、母君も、仲間も、おそらく一人一人がわたし達が思っていた以上に強いのだと思う」

ソラーナは胸に手を当てた。

「神話時代、わたし達には弱さがあった。それを支える何かが、リオンらにはある気がする」

瞑目するソラーナに、ロキが口を曲げた。

「乙女だねぇ」

噴き出す女神に肩をすくめて、ロキが中空で指を回した。すると、窓が開くように青空の一部がぽっかりと欠ける。隙間に映し出されたのは、外の様子だ。

魔神は役者が観客へするように、一礼しながら手で情景を示す。

「ご覧、リオン達が未踏エリアから坑道迷宮に入るようだ。では、女神様が言う人間達の、お手並み拝見といこうか？」

ぴちょん、と水が跳ねる音。

僕は仲間と一緒に薄暗い通路を進んでいた。北ダンジョンの未踏エリアからは、坑道のような空間がさらに北へと伸びている。

歩いても歩いても先は闇のままだ。ボス部屋に乱入したゴーレムの通り道だったはずだけど、今のところ魔物の気配は窺えない。粗削りな石壁が延々と続いていく。

「長い、ですね」

僕は小さく言った。仲間、つまりパーティーメンバーを振り返る。

ダンジョンごとに、適した人数というのが大まかに決まっていた。広い迷宮では大人数、狭い迷宮ではより少ない人数がギルドに推奨される。人数は魔物との遭遇しやすさを左右し、パーティーの大きさが推奨数を超えると、途端に魔物に見つかりやすくなるんだ。

そして、僕らが進んでいるこの『坑道迷宮』は未発見のダンジョンで、その推奨人数さえ不明。

だから最も一般的とされる六人で進んでいる。

内訳は、僕と、ミアさんにフェリクスさん、それに戦士団の三人だ。

フェリクスさんは杖の先に魔法で光球を灯し、団員の一人は松明《たいまつ》を掲げている。近場の光と、遠くの闇。

静かだ。今は足音が響いているけれど、もし進むのをやめたら、互いの息遣いさえ聞こえるだろう。

歩きながらフェリクスさんが囁いた。

「この通路は、北に伸びているようでした。だとすれば、王都北にある湖の、真下を潜っていることになります」

げ、とミアさんが呻く。赤髪をかいて天井を見上げた。

「そうなると、この上は水かい。ぞっとするね」

「ええ。ですが、わかることもありますよ」

フェリクスさんは細目をこちらに向けて、微笑んだ。

「ということは、もうしばらくは通路が続いていて、迷宮のような地下構造は存在しえないでしょう。私の予想では――」

最前列で、松明の団員が足を止めた。何も持っていない左手でこちらに合図している。

フェリクスさんは杖を二本の指でなぞった。

「灯りを消しましょう」

辺りが一気に暗くなる。僕は感覚を研ぎ澄ませた。

「敵ですか？」

〈狩神の加護〉をもらってから、魔力を使わなくても探知能力が格段に上がっている。

耳を澄ませた。魔物の呻り声も、息遣いも、足音も、何もないけど――風が頬をなでる。

「出口？」

進んだ先に、広い空間がある。目を凝らすと、ぼうっと薄明かりのようなものが数百メートル先に浮かんでいた。こっちに灯りがあったらわからなかっただろう。

ミアさんがじゃらりと鎖斧を握りなおす。

「未踏迷宮の本番ってわけかい？」

唇を湿す様子は、獲物を前にした猫みたいだ。

僕は〈狩神の加護〉に魔力を注いで、魔物の存在を探知する。

「――出口付近に、敵の反応はありません」

フェリクスさんが、杖の先に光を灯し直した。

「リオンさん、助かります。では進みましょう。罠には気を付けて」

さっきよりもいっそう慎重に進んだ。やがて僕らは薄明かりの出口を抜け、先の空間へ踏み込む。

空気が、変わった。

一〇メートルほどの高い天井に、僕はホールへ迷い込んだのかと思った。けれど、左右に伸びる空間は、そこが『部屋』ではなくて、『通路』であることを示している。

天井一面が淡く光り、巨大な道をうっすらと照らしていた。北ダンジョンで戦ったゴーレムだって、ここなら悠々とすれ違うことができるだろう。

壁はごつごつとした岩肌で、床は土。そこだけは今までの狭い通路と同じだ。

ありていに言って、ここは王都の北ダンジョンや東ダンジョンよりも、圧倒的に広い迷宮らしい。

圧倒されて、ため息が漏れる。

「こんな大きな迷宮、初めてです」

ミアさんが腕を組んだ。

「天井が高い迷宮は、それだけデカい魔物が出るってことでもある。あたしがいた、王都の西ダンジョンも同じような空間があったよ」

「じゃ、ここって――」

「高難度の迷宮だろう」

体を包む重圧が、一気に増した気がした。喉を鳴らし、ポケットに入れた金貨をぎゅっと握る。

落ち着け。足を肩幅に開いて、呼吸を整えよう。

「――まずは、周辺の探索ですよね」

フェリクスさんは杖の灯りを消し、顎を引いた。

「ええ。迷宮の一箇所を調べるだけでも、大体の広さや難易度、そして懸念事項がわかります」

僕はポーチから角笛を取り出して、撫でてみた。まだあの時みたいに光ってもいないし、震えてもいない。東ダンジョンで僕を助けてくれたのが嘘みたいに、それは今はどこまでも、ただきれいなだけの角笛だった。

……本当に、この神具が、これほどの迷宮を呼び覚ましたのだろうか。それとも、王都のこんな近くに新たなダンジョンが現れたのは、別の力が働いているんだろうか。例えば、東ダンジョンをギデオンがおかしくしたみたいに。

わからないことが多すぎる。

そして僕らは、ルゥを狙う敵に並ぶためにも、ここから少しでも情報を集めないといけない。

フェリクスさんが壁を杖で押しながら話した。

「壁は土壁の部分と、石壁の部分がありますね。ふむ、この色は……」

確かに、杖の跡が残る部分と、そうじゃない部分がある。もっとも、多くの迷宮には構造を維持する機能もあって、杖の跡は勝手に修復され元の土壁に戻った。

フェリクスさんは、灰色の石壁部分を杖でコツコツと叩く。

「灰硬岩ですね。建材によく使われるものです。王都の北側に、かつて採石場があったのですが……」

天井から降る薄明かりを頼りに、フェリクスさんと戦士団が床に地図を広げた。

僕もミアさんも同じものを覗き込む。杖が、『採石場』と書かれた部分を示した。

「地質も、方向も、北ダンジョンから歩いた距離感覚も一致します。我々はこの採石場の地下深くにいるのでしょう」

思わず唸ってしまった。地図で示されると、この場所は城壁の北端から馬で二〇分も駆ければ辿り着ける場所だった。

「……こんな近くに、迷宮があったんだ」

「あるいは、あなたが起こしたのかもしれませんが。起こし屋さん？」

肩をすくめるフェリクスさん。

「とはいえ、安心しましたよ。すでに、採石場から地下へ降りる坑道を戦士団が調べています。昨晩、坑道深部に迷宮の出入り口らしきものを発見したとの報告がありましたので……もし別々のダンジョンだった場合、仕事が倍増するところでした」

飄々《ひょうひょう》と笑うフェリクスさんだけど、ぜんぜん冗談になっていないと思う。

とはいえ僕は、迷宮について話し合う戦士団の意見を見直さないわけにはいかなかった。

「想定される推奨レベルは――」

「ゴーレム級の魔物が深部に出るなら――」

「植生が少ない。油断はできないが、毒を使う魔物はいないだろう――」

慣れた調子で議論を交わしていく。

鴉の戦士団は、やはりダンジョンの専門家だ。この迷宮については、神様達も知識を出してくれたけれど、千年前の情報が当てにできない場合もある。経験豊富な戦士団は頼もしい。

金貨からソラーナの声がする。

『迷宮の専門家。あるいは、オーディスに代わって迷宮を管理してきた者達か』

「戦士団って、やっぱりすごいね」

僕が頷くと、ミアさんは隣で口を曲げる。細められた茶色の目は、納得いかなそうだ。

「……どうだかな」

「え？」

「以前から、採石場に迷宮があるのを知ってたのかもしれないぜ。昨日の今日で、動きが妙に早い」

それは僕も少し気になることだった。以前からあちこちで迷宮を調べていたなら、この採石場について何か知っていていてもおかしくはない。

ミアさんは右手を振って見せた。

「連中、採石場の人払いのために衛兵まで動かしてたぜ？　急な事態にしちゃ、妙に手回しがいいじゃないか」

迷宮に現れて、秘密を調べ、時には冒険者を追い出したりする鴉の戦士団。冒険者が彼らに抱く心証は、いいとばかりも言い切れない。

「他に、知ってて隠していることがあるかもしれない。あたしは、油断しないほうがいいと思うぜ」

「でも……」

ミアさんの言う理屈もわかる。けど、パーティーなのに、協力し合わなくていいのだろうか。

迷う間にも、彫刻や、周りに残った武具、それに精霊石の調査が進んでいく。

『……リオン』

ソラーナの声に、首を振った。今は調査に集中しよう。

地面がかすかに揺れたのはそんな時だった。〈狩神の加護〉、『野生の心』を使用する。

スキルが見せるのは、魔物を示す赤い光だ。それが数個、猛スピードでこっちへ向かってくる。ただ、少しおかしい。進んでいるのは――

「地中⁉」

土の下を何かがやってくる。僕は叫んだ。

「敵です！」

見たことない魔物だ。僕の下を赤い光が通り過ぎる。

「下から、魔物が来ます！」

地面の振動が強くなる。赤い光は様子を探るように地中を旋回していた。

「そこ！」

僕が指さした地面から、丸太のような物体が飛び出す。そいつはぐねぐねと体をくねらせながら、ゆっくりと頭を僕に向けた。

拳ほどの真っ赤な一つ目が、ぎらりと光り僕を睨んだ――のだと思う。一つきりの巨眼と、左右に割れた大顎に表情なんてものはないけれど。

ミアさんが鎖つきの斧、鎖斧を構える。

「ロック・ワームだね」

僕は記憶を探った。昨日のうちに、近くの迷宮に出る魔物は学んである。王都と地続きの場所だから、出現する魔物も似通っている可能性があったから。

「覚えてるかい？」

「地中を進んでくる魔物。硬いウロコに注意」

「いいね。あんたには教え甲斐があるよ」

三体のロック・ワーム、左右に開いた顎に赤い光が閃いた。

「ギギギギ！」

この魔物のさらなる注意事項。それは、炎を吐いてくることだ！

「ギギィ！」

放たれる炎弾。横っ飛びで回避しながら、僕は〈太陽の加護〉の『黄金の炎』を使う。かつて東ダンジョンの深層でもやったような、攻撃に当たらず、後ろにも行かせない、風の壁だ。

出現したロック・ワームは三体。僕が飛び出すことで、敵の注意を引き受ける。

後衛が、動いてくれる。ミアさんが鎖斧で一体を両断し、フェリクスさんが杖を振るう。

床を霜が走って瞬く間に二体目のロック・ワームをからめとった。まるで氷の茨だ。

「氷刃《イバラク》」

フェリクスさんが唱えた瞬間、氷の刃が魔物をズタズタに引き裂いた。丸太のような巨体が横倒しになり、黒灰に変わって消える。数個の魔石も散らばった。

「ギギギ！」

最後の一体は、劣勢に顎を鳴らして威嚇する。地面に潜ろうとしたところ、フェリクスさんが炎弾で牽制。一瞬の遅れで、ミアさんの鎖斧でがんじがらめにされた。

「ふっ」

僕は跳びあがった。すれ違いざまに開いた口腔を切りつける。顎から上を切り飛ばされて、最後のロック・ワームも倒れ伏した。手に、切り裂いた感触が残る。

終わった後、どっと汗が噴き出た。でも胸には高揚感もあって、僕はみんなのほうへ振り返る。

「勝てましたね」

首肯するフェリクスさん。

「ええ」

『よい連係だったのではないか？』

金貨の中で、ソラーナも満足そうだ。腕を組んで頷いているのが目に浮かぶ。

一方で、ミアさんは難しそうな顔で佇んでいた。

「ミアさん？」

「……いや、なんでもない。ありがとうな、リオン」

いつもなら、散らばった魔石とか絶対に飛びつくのに。なんて言ったら、怒られるだろうけど。

戦士団にもやもやした気持ちがあるのが、さすがの僕にもわかった。

「あの、フェリクスさん」

僕は魔石や魔物の灰を調べている戦士団に声をかけた。フェリクスさんが顔をあげる。

「なんでしょうか？」

「……違ったらごめんなさい。でも、もしかして戦士団は、前々から採石場にダンジョンがある可能性、知ってたんじゃないですか？」

戦士団が顔を見合わせる。何か言いかける一人を、フェリクスさんが手を挙げて制した。

「確かに、知っていました」

とん、と杖をつく。

「この上階にある採石場は、すでに廃業し放棄されています。その理由は経営上の問題となっていますが、実は掘り下げた坑道が迷宮の一部に通じたからなのです」

フェリクスさんは、神官風の帽子を直した。

「……もっとも、当時は、すぐに行き止まり。今、上階から戦士団の調査が降りてきているのは、当時は閉ざされていた道もまた開いているからです」

ミアさんが口を開く。目が意外そうに見開かれていた。

「……聞いたらはぐらかすと思ってたよ」

「あなた方は仲間ですからね。とはいえ」

フェリクスさんは苦笑し、頭を下げる。

「申し訳ない。この事実もまた、打ち合わせで明かすべきでした。当時、採石場の閉鎖については、関係者に情報を伏せさせるため、後ろ暗い取引もありましてね……」

新参者の僕らにどこまで戦士団の活動を話すか、フェリクスさん達も探りながらやってきた、ということかもしれない。

じゃらりと鎖を揺らして、ミアさんが斧を肩にかついだ。

「だが、そのあたりも説明してほしかったね。あなた達がどの段階から採石場を調べていたかで、受け取る情報の確度がかなり変わる。そっちにとっては、採石場が迷宮に繋がってるのは、ハナから確信していたわけだ」

「ええ。その通りです」

「……ま、途中から予想してたけどね」

ミアさんは嘆息する。ばつが悪そうに僕を見た。

「まさかリオンにまで世話をやかれるとはね……言い出さなかったあたしも、悪かったよ」

張り詰めていた空気が、少し緩んで感じた。

鴉の戦士団も、聞かれたら正直に答えるつもりだったと思う。でも、話しづらい事情があって、僕らはそれを――『隠されている』と感じていた。戦士団に対する思い込みもあっただろう。

「もうパーティーなんですから、きちんと話し合いましょう。僕らも、わからなければ質問します」

僕は言った。うん。これで、この話はおしまいだ。

フェリクスさんとミアさんはきょとんと目を開いて、やがてからりと笑った。

「……おう、そうだな」

「ええ。改めて、よろしくお願いします、冒険者ミア、そしてリオン」

最初の戦いで、僕らはずっとパーティーとしての連携が深まった気がする。

スキル〈斧士〉のミアさんが前衛、スキル〈賢者〉のフェリクスさんが後衛、僕が神様や精霊の力を使い素早さや突風でかく乱する。パーティーは未踏迷宮を着々と攻略していった。

〈狩神の加護〉での探知を続けながら、僕らは大通路を探索する。

方針は、とりあえず『この階層だけを探す』こと。一つのフロアからでも全体の広さや魔物の強さはある程度わかるようだ。なら、闇雲に階層を移動するより、同じ階層を調べ続けた方が効率的だ。浅い層は、地上から潜っている組に任せよう。

この迷宮は神々の同盟者、それも技術に優れた存在が逃げ込んでいたものらしい。

僕らは覗き込んだ玄室の一つ一つで、古代の武具や、山積みの精霊石を見つけた。さらに進むと、壁には細やかな装飾が刻まれたようになっていく。技術者がもしこの迷宮にいたというなら、装飾にもこだわる細工師だったのだろう。

出会った魔物の中には、北ダンジョンで遭遇したゴーレムタイプもいた。

金貨の中から、魔神ロキが嘲《あざけ》るように言う。

『魔物の近くで千年も過ごしたせいか、それとも巨人の遺灰の影響か。魔法で生み出された防衛者が、逆にすっかり魔物化しているねぇ……』

今も、僕らは一体のゴーレムを倒していた。

魔力を節約するためにスキルの使用は控える。戦法は、僕が注意を引いて、ミアさんが体勢を崩させ、最後にフェリクスさんが魔法で仕留めるというもの。

僕は灰になっていくゴーレムを見下ろしながら、汗を拭った。

「終わりましたね」

連係、どんどん洗練されてる。

レベルが19になりました

頭に、そんな神様の声が響く。足を止めた僕に、ミアさんがにっと笑った。

「レベルが上がったか？」

「はい……！」

「そろそろだと思ってたよ。おめでと、リオン」

フェリクスさんも笑いかけてくれた。

「私からもお祝いを。とはいえ、先の部屋も調べましょう」

僕らパーティーは、通路から玄室へ散らばる。ミアさんが慎重な手つきで、壁の彫刻をなぞった。

「こんな装飾の残った迷宮、初めてだな」

古代の文様は象嵌《ぞうがん》にも似て、金銀や宝石があしらわれている。天井の魔石灯を受け、僕が動く度に光もまた生き物のようにゆらゆらと揺れた。

「まだ、きれいですね」

「ああ。見な、像に金箔も残ってる。普通の迷宮なら、冒険者が剥がしていっちまうよ」

確かに、この迷宮では古代アイテムを見つける頻度が、東ダンジョンよりもずっと高い。迷宮そのものが未踏だったから、まだ誰もアイテムを拾っていないのだろう。

ちなみに東ダンジョンでは、深い層に残っているアイテムを、スライムなどの階層間を行き来する魔物が浅層まで持ってくると言われていた。

僕は天井を見上げる。

「……ここ、何層くらいなんでしょう？」

「さてね。天井が高い分、階層自体は少なそうだが――」

言いながら、ミアさんは別の壁に歩いていく。僕はその場に残って金貨に問いかけた。

「神様、わかる？」

返事をしたのは、爽やかな声の狩神ウル。

『申し訳ない。浅い階層なら、エントランスともいえるから、記憶があるのだけど。これほど深い場所だと――五階層くらい、戦闘用の貯蔵庫、くらいしかわからない』

フェリクスさんが杖をつきながら歩いてきた。

「王都では、他に連結しあった迷宮というのがあったのですか？」

『かつては、ね。地下で大勢の信徒が生き延びるのが目的だったから。お察しの通り、古代の地下空間は現代のダンジョンよりもずっと広大だ。今、迷宮になっていない場所は……あの感じだと、大半が魔物の氷で埋め尽くされているだろう』

風のように軽やかに語るウルだけど、それってとんでもない話だ。僕は氷漬けの魔物を思い出す。

あの時の冷気と怖さが、凍てついた手みたいに僕の体に絡みついた気がした。

「あんなに、たくさんの……」

魔物の軍勢。神様が封印の氷に閉じ込めているけれど、あれらが世界中の迷宮で蘇ったら――東ダンジョンの比じゃない被害が出る。

「スコルみたいな、強い魔物もいるのかな」

敵について知りたい。

知識が武器だとしたら、知っておくことも強さだから。

『わたしから説明したい。わたし達の敵、魔物らについて』

ポケットで金貨が振動した。光と共にソラーナが外へ飛び出してくる。大きさは、人形サイズだ。

「人間が主神によって生み出された後にも、原初の巨人ユミールが遺した脅威は残っていた」

ソラーナの言葉に、僕は神殿で見た大昔の情景を思い浮かべた。

「うん……強い魔物を、ユミールは生み出していたって」

「ああ。だが、その数はそれほど多くはなかった。人間や神々が暮らしていた数千年の間、魔物もまた数を増したのだ」

小さな腕で、ソラーナは壁を示した。

うっすら光る女神様のおかげで、一部がより明るく照らされる。そこには大昔の壁画が残っていた。

「見えるかな……」

ソラーナが光を強め、壁一面を照らした。壁画はかなり大きい。部屋の端から始まって、天井まで届いている。数歩下がらないと、全体は見えない。

絵の左側には大きな影。闇そのものといえる、暗い何かが描かれていた。

暗がりの右側に、小さな動物や、手足の短い人型がいた。右側の生き物はどれも頭を下げている。

「何かに……おじぎしてる？」

「原初の巨人が文字通り最初の生き物であり、最初の魔物だ。神々と人間の敵を『魔物』と呼ぶならね。そして、ユミールが手ずから生み出した魔物は、やっかいな力を創り主――この場合はユミールから引き継いでいた」

女神様は言葉を切る。

「生き物を魔物に変える力だ」

「魔物って……」

「力と引き換えに、巨人らに歪められてしまった生き物だ。ゴブリンらはそうして堕落してしまった神々の同盟者、アンデッドは元人間。ロック・ワームのように、意思のない生き物を戯れに歪めたこともあっただろうが――」

僕は壁画をなぞってみた。

氷のように冷たい。

「魔物らは、根絶すべきであった。神々もそれを試みたが、その度に失敗した。裏切り者が魔物に変わるからだ」

喉が動いてしまう。

「神々も人も、古代、結束しているとはいえなかった。時には神々が信徒を引き連れて裏切ることもあり、そうでなくても魔物はわたし達の予想を超える速さで数を増やした。そのようにして、神々は

――結局のところ数に敗れた」

「……スコルみたいな、魔物も？　そうして生まれたの？」

女神様は首を振る。

「彼らは違う」

ソラーナはきっぱりと言い切り、壁の上方へ移動する。

描かれているのは、一体の巨人。その手足から骨が抜き出されて、魔物に変じていく――表現されているのはそんな光景だろうか。

壁画の下部分で魔物を生み出していた暗がりも、この巨人から伸びる影として描かれている。

「スコルは、原初の巨人ユミールが、己の体から生み出した魔物だ。人間の言い方であれば、直接の子、とでも言おうか」

ただし、と女神様は指を立てる。

「骨から作られたといわれている」

「ほ、骨……？」

「馬鹿げたように聞こえるかもしれないが、原初の巨人にあったスキル〈創造〉は、物質や生命さえ生み出せる。そうしたことも可能なのだ。そして、彼らの称号には『骨』の字が入る。神話時代の、ユミールに最も近しい魔物の幹部――そのような言い方になろう」

しんと迷宮は静まり返っていた。

壁画を見上げる。

巨人ユミールの肋骨は何体かの狼に。両腕の骨は大きな蛇に。壁画だと大きさも、細部もよくはわからないけれど。

夢で聞いた、暗闇に響く産声が思い出される。体の芯から震えた。雷だとか、嵐だとか、そういう何かとてつもない存在に挑むような、そんな気持ちになる。

僕は自分の腕を掴んで、恐怖を押しとどめた。

「……スコルみたいなのは、まだいるんだ」

「ああ。間違いなく。強さは、他の魔物の比ではない」

僕やルゥを狙う敵は、おそらく、そうした強力な魔物を目覚めさせている。そのための『巨人の遺灰』。スキル〈目覚まし〉を求めるのも、魔物の復活のためだ。

「この……壁画にいるユミールが、敵のボスなの？　父さんを、殺した――」

血の夕焼けのダンジョン跡で目覚めかけた、強大な魔物。突拍子もない想像だけど、地上のどこかに原初の巨人がいるなら、その魔物こそユミールであってもおかしくない。

女神様は、頷きも、首を振りもしなかった。

「それは……まだ調べてみる必要があると思う」

僕らは迷宮の先へ進んでいく。

黒いローブに身を包んだ男女が、岩陰にひっそりとたたずんでいた。

かつて王都の建築を支えた採石場である。木々は少なく、切りかけの石材や、作業者の詰め所がただ朽ちるままになっていた。

身を隠すものも少ない場所であったが、男女は暗がりに体を巧く同化させている。

「あそこを」

女のほうが口を開いた。赤い舌がぽってりとした唇をなめる。

「下の崖。戦士団が衛兵まで動員している」

男は膝をついた姿勢のまま、小さく顎を引いた。右手には、柄を短く切り詰めた槍。黒布が先端に巻かれているのは、刃が光を弾かないための工夫である。

二人が見下ろすのは、採石場にぽっかりと口を開ける断崖だった。

断崖の幅は一〇メートルを超える。崖を挟んで向こう側も、岩ばかりが転がる寒々とした情景だった。見下ろす壁面のあちこちに坑道が穿《うが》たれ、それらを崖にしがみつくような道が結んでいる。

今、その足場を、何人もの兵士が行き来していた。内訳は、二頭鴉のマントをひるがえした鴉の戦士団と、鎧を着た衛兵が、それぞれ数十名ずつといったところ。

男が、槍を覆う黒布に手をかけた。

「ヨル、いいかな?」

呼びかけられた女は、両頬をにぃっと引きつらせた。

「お任せしますわぁ。魔物の身で、迷宮の奥へ入るのは少し辛いもの」

女がローブの懐《ふところ》から、掌ほどの袋を取り出す。数は四つ。

縛った口から黒いもやが漏れ出し、風で霧散した。

「狼骨スコルの時は失敗しましたが……続いてこちらの迷宮で、遺灰が効果を発揮したのは朗報でしたわ」

この採石場が放棄された理由が、一〇年ほど前に迷宮の痕跡が発見されたからだった。当時の鴉の戦士団は今以上の秘密主義。冒険者や貴族が余計なことをする前に、情報を秘匿した。

けれども、今や多くの貴族に浸透した奴隷商人らは隠された迷宮の存在を掴んでいる。

「これまでも、少しずつ、少しずつ、魔物の封印を解く遺灰をまいていたけれど……」

採石場は、いわば奴隷商人の保険である。東ダンジョンの狼骨スコルが先に目を覚ましたが、こちらでも遺灰は効果を発揮した。

全ては、強力な魔物の封印を解き、中断した終末を完遂させるため。

ヨルは唇をなめ、男へ告げた。

「『骨』の名を持つ魔物は、こちらにもいる。頼みましたわよ、グンター」

男は首肯して、小袋を受け取った。

「もちろんだ」

男は身を低くして、物陰から物陰へと動いた。崖際に辿り着くと、そっと向かいの岩壁を窺う。

断崖を這うように設けられた通路が、坑道同士を結んでいた。

かつて、岩石のほか鉱物をも求めて試掘が行われていたらしい。断崖にいくつも穿たれた横穴は、その時の坑道だろう。

奴隷商人の情報によれば、その試掘でダンジョンらしい構造物にぶち当たったのが、採石場閉鎖の原因だった。

「おや……」

男、グンターは目を細める。戦士団は坑道に入っていくが、出てくることはない。

試掘で終わっていれば、行き止まりのはずだ。すぐに出てこないということは――道に『奥行き』があるということ。

「地上から迷宮に至る道が、開いている」

『巨人の遺灰』には限りがある。おいそれとばらまいたりはできないが、迷宮が目覚めかけている今、さらに遺灰を投入するべきだ。

それには、迷宮のできるだけ深いところでまいたほうが都合がよい。封印の強い場所で使うほど、魔物の目覚めが速いことを奴隷商人らは経験則で知っていた。

「行くか」

男は、崖際を蹴った。幅一〇メートルの空中を跳び抜け、足場へ着地。気づいた衛兵が叫ぶ前に、槍が閃いた。

ひゅう、と首筋から空気を漏らし、衛兵は絶命する。血臭さえ残さぬ速さで、男は痙攣する衛兵を横穴に連れ込んだ。

耳を澄ませても奥から響いてくる足音はない。運よく、まだ戦士団が入っていない坑道だったようだ。

「ここで寝ているといい」

息絶えた衛兵を岩陰へ寝かせ、グンターは微笑む。

「じきにみんなこうなる」

衛兵の外套で槍の血を拭ってから、男は迷宮内へ踏み込んだ。


ぶるりと金貨が震えた気がして、僕は足を止めた。

『嫌な気配がしやがるな』

遠雷のように厳かに響くのは、雷神トールの声だ。

僕は辺りを見回す。階層の調査は終盤に差し掛かっていた。すでに何度か戦いを経て、体力もアイテムも少し消耗している。

上への階段を見つけてあるから、次の調査に繋げることだってできるだろう。そして下への階段を目にしていないから、ここが最下層という可能性が出てきた。

「どうしました？」

フェリクスさんやミアさんが、前から僕を振り返る。

「いえ……」

追いかけながら、金貨に囁く。

「敵が近いってこと？」

〈狩神の加護〉で周りの様子は探知してる。でも、息遣いや足音は遠いものばかりだった。辺りは不思議なほど静まりかえって、高い天井と、幅広の廊下が、緩くカーブを描きながら続いていた。僕らがたてる微かな足音だけが響いている。

『急に気配が高まりやがった。これは』

言いかけるトールだけど、その前にパーティーは足を止めた。ミアさんが手で合図してくる。

「リオン」

「索敵、ですね」

新しい部屋を見つけたんだろう。中に入る前に、僕は〈狩神の加護〉、『野生の心』に魔力を注ぐ。

〈スキル：狩神の加護〉を使用しました。
『野生の心』……索敵能力の向上。魔力消費により、魔力も探知。

……大丈夫だ。部屋の中に、魔物を示す赤い光はない。

ただ、入口に向かって動いた時、内部で金色の輝きがちらつくのが見えた。

僕はスキル〈目覚まし〉を起き上がらせながら、部屋を覗く。封印解除できることを示す淡い光は、あちこちにあった。放棄されてサビまみれになった武具、拳大の石、それに――

「お、置物？」

僕らは部屋に入って、探索を開始する。

気になったのは、部屋のあちこちに石像が置いてあることだ。背丈は五歳の子供くらいで、それぞれ横たわっていたり、鎚を振り上げていたり、目を閉じて壁に背を預けていたり。少し煤を被っているようだったけど、毛先の一本一本まで精巧に彫り込まれている。石像なのに、このままぱちっと目を開けて「やぁ」なんて声をかけてきそうだった。

戦士団とミアさんも部屋を調べている。

ダンジョンの場合、罠がある可能性もあるから、みんな手つきは慎重だ。ミアさんは、サビまみれの塊を持ち上げる。

「こりゃ、斧だな。古代の斧なら、高値で……」

すかさずフェリクスさんが口を挟む。

「ミア、一度戦士団で引き取りますよ」

「わかってるよ」

「どうですかね」

「冒険者の習性ってやつだ。未発見の迷宮でお宝部屋だぜ、一生に一度あるかどうかだ」

ミアさんとフェリクスさん、たまに言い合ったりするけど、打ち解けたってことでいいんだろうか。

僕は石像から目を離し、部屋全体を見渡す。

頭で引っ掛かっていた言葉が、やっと出てきた。

ここは『鍛冶場』だ。壁には、サビまみれになった鎚や火ばさみが並べられている。高い天井からはいくつか鎖が垂れて、先はフックになっていた。ここに何かを吊るしたり、もしかしたらそのまま移動させたりしたのかもしれない。天井には長い金具が走っていて、鎖を動かせるようになっているようだ。

金貨が震えて、ソラーナの声がする。

『神々の同盟者は、鍛冶や細工に優れた者達だった』

「じゃ、ここは彼らの作業場ってこと？」

『そうなるね』

でも、その味方はどこにいるんだろう？

僕が首をひねっていると、金貨から人形サイズの女神様が飛び出してきた。

「ここにいるではないか」

「え……」

ソラーナが石像の一つを指さす。どう見ても置物だ。ただ、確かにとても――いや、見れば見るほど、ありえないほど精巧だ。

小さな女の子のように見える。身長からして、五歳くらいだろうか。立ち上がった姿勢で少し肩をすぼめ、ぎゅっと目を閉じている。二つに結われた髪が、石とは思えないほど柔らかく波打っていた。

あれ……石像って。

「も、もしかして」

思えば、『青水晶の短剣』も、精霊石も、〈目覚まし〉で『封印解除』する前は石に包まれていた。

ソラーナが金色の瞳をきらめかせる。

「神々や魔物は氷に包まれている。しかし、それほどの力がなく、実体があるものは、石のようなもので表面を包まれるのかもしれぬな」

「じゃ、これって……」

ソラーナは頷きで応える。

「小人、とわたし達は呼んでいた」

僕は石像の肩に触れる。あっと驚いてしまった。

温かいんだ。まるで体温があるみたいに。

「目覚めかけてる……？」

「人間と神々の、双方の特性を持っている。人間のように工夫し、神々のように魔力を操る。だから彼ら、彼女らは、優れた作り手だ。姿は少し幼く見えるけどね」

女の子の石像は子供に見えるけど、もともとそういう小柄な種族なのかもしれない。身に着けた前掛けは、きっと鍛冶屋のエプロンだ。

「君の角笛についても、何か調べられるかもしれぬ。鍛冶の面でも頼りになる」

「う、うん」

ソラーナの言葉に顎を引いた。この鍛冶場を見れば、古代の技術者だったっていうのもわかる。封印解除して、風の精霊《シルフ》のように目覚めさせれば、強力な味方になるはずだ。青水晶の短剣のような古代の武具が、味方全体に行き渡ったら――それって、大きな戦力アップだろう。

いつしか、ミアさん達も僕らの周りに集まっていた。

「リオン、その石像は？」

「これが、探していた人達です。古代の神様達の、技術者のようなんです」

フェリクスさんが目を丸くする。

「これは……小人《ドウェルグ》の置物のような姿ですね」

家の周りにも、彼らに似た置物があったけれど。彼らの存在は伝承としては残っていたのかもしれない。

「起こし屋の仕事だな」

ソラーナの言葉にくすりと笑って、僕は唱えようとする。

「目覚まし――」

その時、咆哮が迷宮全体を揺るがした。金貨からトールの声がする。

『来たか』

炎骨スルト

Gjallarhorn awakening the Gods

大きな『巨人』に対する、小さな『小人』という意味合いでもかつてはあったのだろうか。

僕の目の前で、子供くらいの石像から見る間に石が剥がれていく。小さな姿は金色の輝きに包まれて、一瞬、眩しいほどに輝いた。その人――小人は『封印解除』の光に包まれながら浮き上がり、やがて地面に向かって手と膝を突く。

「――う」

二つに結った緑髪が地面に垂れていた。小人の少女は、恐る恐る僕らを見上げる。

次の瞬間、また天井が打ち震えた。


――オオオオォォオオオオ！


風鳴りのような、唸り声のような、体を芯から震わせてくる声。迷宮の上階からだ。

小さな姿のまま、ソラーナが眉をひそめる。

「この気配は……」

ポケットで金貨が熱く震え、次々と神様が飛び出してくる。みんな女神様と同じ手のひらサイズだ。特に目を引くのが、荒布装束をまとい、雷光を帯びた鎚を握った神様。小さな状態でさえ、他の神様よりも一際存在感がある。

トールが重々しく口を開いた。

「巨人の声だ」

部屋に、静かな衝撃が走る。

「今のが？」

「間違いねぇ。神話時代、こっちの拠点は襲われていたんだな」

原初の巨人ユミールが、同族として生み出した魔物の一種。特に強い力を持つと言われていた。

「近くに少しずつ遺灰がまかれていたんだろう。仲間の遺灰に反応して、ついに目覚めたってわけだ」

この迷宮に魔物がいるってことは、遺灰が少しずつ魔物を解き放っていたということ。目覚ましの角笛《ギャラルホルン》で迷宮もまた目覚めて、魔物を退治するよう僕らを内側に招いたのだとすれば、時間の辻褄《つじつま》も合う。

フェリクスさんが杖をついて歩いてきた。手で、戦士団に素早く合図をしている。

「皆さん、撤退しましょう」

また吠え声が聞こえて、思わず足がもつれそうになった。

「目的は、この階層の偵察でした。これ以上の危険は無用です」

ミアさんが眉をあげる。

「……このでかい声は、上の階層からだ。別ルートで入った仲間が危ないかもよ」

「彼らは覚悟の上です。それより」

フェリクスさんは細い目で僕を見やる。

「リオンさんの能力〈目覚まし〉は特別です。この迷宮の後も、ずっとやってもらうことがあります。ここで強大な敵にぶつけるのは得策じゃない」

僕は状況について考えてみた。冒険者をやっていれば、進むべきか、戻るべきか、悩む瞬間なんていくらでもある。戦士団に従うのは簡単だけど、自分の頭で考えたかった。そうするべきだって思えた。冒険者なんだから。

「……戦士団以外にも、採石場の周りには、警備のための衛兵さんも派遣されていたはずですよね」

「そうです」

「東ダンジョンみたいなことになって、また魔物が溢れたら……」

その先は、聞かずともわかる。神様の力を振るえる僕らがここで迷宮から撤退したら、ここより上階、そして地上にいるはずの人が危ないってことくらい。

素早く対処するなら、今しかない。魔物が街道に溢れてからじゃ、また多くの人が襲われる。

でも、安堵する僕がいるのも事実だった。一昨日みたいな、神話時代の魔物との戦いは、どうしたって怖い。狼骨スコルの三日月のような目がまだどこからか僕を見ている気がした。

背後から、震える声がする。

「……ここ、は」

目覚めた小人の少女だ。

ヨロヨロと立ち上がりながらも、響き渡る咆哮に身をすくませる。

「上には、アタシ達の仲間も……残っているはず」

フェリクスさんの顔に、一瞬だけ迷いが過った気がした。

小人の女の子は、長い長い――千年に渡る封印から目覚めたばかり。きっとまだ戦いが続いていると思っているのだろう。だからこそ、顔を上げて訴える様は、真摯だった。

「上の方、崩されそうになってて。建物壊されたら、仲間が……みんな……」

フェリクスさんが小さく呟くのが耳に届いた。

「馬鹿な。千年前の戦況が当てになるものか」

小人の女の子は、黒目がちの目をうるませた。

「助けてあげて……」

僕は息を整えた。いやに喉が渇く。心臓が悲鳴をあげそうだ。臆病な気持ちが、『黙っておけ』と囁いてくる。せっかく他の人が決めてくれたのに、下手に口を出したら――もう後には戻れない。

「あの」

言ってしまってから、口ごもる。みんなの視線が集まって後悔した。

「いえ、なんでも……」

言うべきなんだろうか。

仮に言ったとして、みんなはどう思うだろう。戦士団だけじゃなく、神様やミアさんだって危険にさらすことになるんだ。

「ええと」

「なんですか」

少し苛立ったようにフェリクスさんは言う。

「上に行ってみませんか」

「リオンさん」

このパーティーで、戦士団を率いるフェリクスさんはリーダーだ。迷宮内で、その方針に異を唱えたことになる。

僕は経験も浅く、レベルも低い。でも声にしなかったらきっと後悔する。

「危険はありますけど、見返りだって」

取引と同じだ。姿勢をよくして、顎を上げて、正式な言葉で告げる。

ここまで来たら、気持ちくらいは、強くないと。

「目的って、この迷宮を調べること。魔物が石になった小人を手にかけたり、フロアを破壊したりすれば、結局僕らは何もわからないままです」

ルゥを守るためにも、魔物や敵についてもっと知らないといけない。

「小人という存在はまだよくわからないけれど、ここでもし見捨てたら……協力も得られにくいと思います」

フェリクスさんと僕は、ほとんど睨み合うようになった。ミアさんは腕を組んで、尋ねてくる。

「リオン、気持ちはわかる。勝算は？」

「角笛を使ってみます。結局は、神様の力を頼ることになります、けど」

フェリクスさんが杖をついた。硬い音が反響する。

「確かなものではないでしょう？　角笛が働いたのは、一昨日の一回きりだ」

僕とフェリクスさんの間へ、小さなソラーナが進み出ようとする。

「リオン、わたしは」

トールの厳かな声が遮った。

「太陽の娘。今は、リオンが話してる。言い出したのはリオンだ、考えを全部述べる責任がある」

責任、という言葉がずんと肩にのしかかった。頭を必死に回す。

「敵の足止め。可能なら撃破。撤退を念頭に置いて、まずは敵の進攻を遅らせ時間稼ぎを目指す……どうですか？」

まずは、様子を見るために上に行く。

それで無理な状況なら、仕方がない。撤退だ。

でも本来の偵察だけに拘《こだわ》ってたら、この後、また王都の大勢が命を落とす。

フェリクスさんは周囲を見渡す。

「では」

神様達も僕らを見守っているようだった。

「……撤退の手段は？　今ここで、魔物の軍勢に気づかれる前に退くのと、上のフロアで一戦交えてから退くのでは難しさが違う」

「っ！　それ、は……」

後悔が、迷いが、雪崩《なだれ》のように降ってくる。

「僕らが請け負おう」

声を出したのは、神様の一人。ロキだった。黒いローブの袖から、立てた指を出す。

「魔物の呻《うな》りは上からだ。地表付近であれば、封印も緩く神々も顕現しやすい。角笛が働かず、『封印解除』だけであっても、君達を逃がすくらいの力は発揮できるだろう」

「ロキ……」

いつものタレ目だけど、澄んだ光がある気がした。驚く僕に、魔神様は片目を閉じる。

「ふふ、ロキは君がなかなか気に入ってきたよ。無謬《むびゅう》は英雄の条件ではない、決心こそ、だ」

ソラーナがばっと割り込んでくる。からからと笑うロキに、フェリクスさんは緊迫感を吹き消されたみたいだった。

トールが口元を歪めて顎をかく。

「ふん。細部の詰めは甘いが、戦士の提案としちゃ合格じゃないか？　フェリクスよ、遅滞戦闘の提案、神々も乗ろうじゃねぇか」

「……血筋、ですかね」

フェリクスさんは肩をすくめ、口の端を上げた。

細い目が僕を見る。

「いいでしょう。冒険者リオン、戦士団はあなたの提案を受け入れます」

目覚めた小人の少女に道順を聞いて、僕らは地上を目指すことにした。


小人の少女は、鴉の戦士団の一人が背負うことになった。もともと迷宮からアイテムを持って帰るつもりだったから、一人は運搬役だったんだ。こういう役回りの人を運搬係《ポーター》と呼ぶこともある。

入手アイテム運搬用の大きなリュックに、小人の女の子はすっぽり入ってしまった。

一層、さらに一層。リュックから顔と手を出す少女の案内を受けて、僕らは階層を上がっていく。

「上へはあっちよ」

「わかった！」

指さす少女に、僕は応じた。

〈狩神の加護〉で索敵ができるから、魔物を避けることだって容易《たやす》い。僕らは頭上から降る吠え声に時折身をすくませながら、足早に迷宮を踏破した。

三つ目の階段を上る時、運搬係《ポーター》の背中から震え声がする。

「でも、封印、そんなことって……？」

神様から、今の事情を少し知らされたんだろう。

目覚めた時の心細さは、どんなに想像してもわからない。だからこそ、小人の彼女にとっての仲間や、この拠点を守らなくちゃって思えた。仲間へ囁く。

「急ぎましょう」

小人の女の子によれば、この遺構は崖の内部に造られていたらしい。切り立った断崖、その内側に階層を重ね、そのまま崖の下に潜る。僕らがいた最下層部は、外から見たら崖底のさらに下ということだろう。

今は階段を上っているから、もう断崖の内側にいるはずだった。

魔物の咆哮が聞こえる。身を固くするけれど、変化もわかった。

「……声、壁から響いてない？」

僕の呟きに、フェリクスさんが首肯した。

「よい勘ですね。おそらく、敵はすでに外にいる。崖底の位置で暴れているから、声はすでに同じ高さ、つまり横から聞こえるわけですね」

迷宮調査の専門家は、魔物の位置を断じた。

巨人の雄叫びと、足音が迷宮に続く。頭に神様の声がした。

『君は面白いね、リオン』

「……ロキ？」

『君の行動で、神々も、人間も、目標を一つにまとめたようだ』

そう言われると、なんだか大げさな気がする。口を尖らせてしまった。

「我がまま言っただけだよ」

『それでもだ。というより、それでこそ、だ。君はあの場で、遠回しに「俺を信じてついてこい」と言ったんだよ』

「そんな……」

言い返しかけ、僕は口を閉じた。付近に魔物の気配はないけれど、集中を切らすわけにはいかない。

でもロキは勝手に話し続けた。

『それ以外にも、君は興味深いな。最初は、精霊を従えていたことだ』

青水晶の短剣で、クリスタルがきらりと輝いた。

「……精霊？」

『本来、そこまで簡単に精霊は人に懐かない。そして神々だ。神々の加護を複数、同時に授けられるなんて、神話時代でもひどく珍しい』

もちろん、とロキは言い足す。

『神々が君を認めているせいでもある。スコルを討伐した君は、戦いを通して絆《きずな》を育《はぐく》んだとも言えよう。ただね……』

含みのある口ぶりに、気づくと僕は会話に引き込まれていた。

『それでも、どうにも腑に落ちない。生まれつき、魔力を宿しやすい体質なのかもしれない。身近にそういう人いない？』

そういえば、ルゥは最初からソラーナの姿が見えていたけれど。僕の心を読んだようにロキは唸る。

『君にスキル〈目覚まし〉が与えられたのも……』

ロキは言葉を切る。

『……今はとにかく、覚えておいて。オーディンは、無意味なことはしない。しないのだ』

「うん、わかった」

僕らは階段を駆け上がる。小人の案内では、第一層、一番上の階層だった。

――オオオォォォォオオオ！

外から響いてくる声は、迷宮そのものを揺るがすほどだ。壁や天井から埃が落ちて、迷い込んでいたらしいコウモリやネズミが逃げていく。

外の光もすぐそこだった。壁に階段がくっついていて、上がればすぐに出口へ飛び込める。

僕らが駆け出そうとした時、黒い影が光の前を横切った。

「君達は――」

現れたのは、黒いローブを羽織った男。フードを目深に被って、顔は見えない。

僕は、スコルとの戦いで割り込んできた女性を思い出す。あの人も同じような服装をしていたもの。

「……奴隷商人だ」

僕の言葉に応じるように、戦士団の一人が教えてくれた。

「背格好、装備の槍、リオンさんの家への襲撃者と同じです」

相手の肩が揺れる。かすかに笑ったようだった。

身をひるがえす男に向かって、フェリクスさんが声を張る。

「ヴァリス家のグンター！」

男は足を止めた。フードの陰から、目線がこっちへ向けられる。フェリクスさんは肩をすくめた。

「おや？　確証はありませんでしたが……当たらずとも遠からず、でしたか？」

相手の正体を推測して、鎌をかけたってことだろうか。

僕はフェリクスさんを見上げる。

「……どうして？」

「ギデオンの奴隷取引を調べている時に、ヴァリス家という古い貴族が疑われたのです。そしてヴァリス家は〈槍豪〉のスキルを持つ嫡男が出奔し、行方不明になっています」

男の手には、確かに槍が握られていた。柄が短くて、迷宮で振り回すのに適した長さになっている。

「その嫡男の名が、グンター。どうです、当たりですか？」

男は無言で外の光へ歩き出した。

怯えていたルゥが胸を過る。戦士団の言葉が正しいなら、この男が妹をさらいに家に来たんだ。

「なぜ、妹を狙うんだ！」

声をかけた瞬間、相手が振り向いた。ぞくりと首の裏が寒くなる。黒い炎のような容赦なく燃える眼光が僕らを射貫いていた。戦士団さえ身をすくませたのを感じる。

ルゥが怯えていたのもわかる。

この男こそ『魔物』かもしれない。人間に見えるけど。

「力で取るのに理由が要るのか？」

男が出口へ駆け去った。

僕らを急かすように外から咆哮と悲鳴が連鎖する。金貨からソラーナも叫んだ。

『リオン！　強い気配だ！』

もう猶予なんて言ってられない。僕は階段を駆け上がった。


外へ出た瞬間、熱風が僕らを包み込んだ。

すでに男の姿はない。崖を降りたとしたら、底は魔物だらけのはずなんだけど――あの人は、襲われないんだろうか？

「う……」

炎が吹き荒れて、顔を庇う。まるで巨大な竈《かまど》に投げ込まれたみたい。

ポーチから角笛を取り出しながら、僕は周りを観察した。

迷宮の出口は、地上三階くらいの高さにある。断崖に掘られた坑道、僕らはその一つから顔を出したってことだ。

そして、問題は崖底。

熱波をまき散らしながら、赤く燃える何かが身を起こそうとしている。身を――なんて言葉が頭を過って、僕は気づいた。燃焼する巨大な塊は、明らかに人型をしているんだ。

――オオオオオォォォォ……。

唸り声が、断崖に何重にも反響する。

その存在は、巨大な鼻を持ち、目を持ち、城壁を齧《かじ》りとれそうなほどの口を持っていた。にい、と両頬が引きつり、獰猛な笑みを結ぶ。馬車もぺしゃんこにしてしまうだろう大きな手のひらが、地面について、崖底に開いた穴からついに巨体を引き上げた。

ミアさんも、フェリクスさんも、他の戦士団も唖然としている。

「……なんだ、こりゃ」

言葉が浮かんだ。記憶の、僕の知らないところに刻み付けられていたみたいに。

『巨人』——魔物の中でも、特に強いとされているもの。分類するとすれば、大型魔物だろう。炎をまとった全長は八メートルはありそうだ。

燃え立つ顔は、高台にいる僕らと同じ高さにある。丁度、崖が広がっている場所のおかげで、巨人とはまだ一〇メートル以上の距離があるけれど、すでに汗が噴き出る温度だった。

フェリクスさんが杖を固く握りしめる。

「巨人タイプの魔物はいます。ここが、初出現ではない。で、ですが——」

「明らかに他とは違うだろ」

「ええ、ミア。全身を燃焼させるものは、聞いたことがない」

二人が言い合う間、僕は震えをこらえるので必死だった。

巨体はどうやら、崖の底に封じられていたらしい。地面に穿たれた大穴に、冷たい光がきらめいているのが見えた。あれ、氷の光だ。

「封印の……！」

僕が悲鳴をあげかけると、ソラーナの声がした。

『封印の氷が、地中に埋まっていたのかもしれない』

「うん！　迷宮を攻めていた魔物が、封印で凍らされて……」

立ちはだかる対面の崖を見る。

「長い年月で、向こう側の崖が崩れて、埋まってた」

千年前、神様と魔物が戦っていた時は、この崖はもっとずっと深かったのだろう。封印の氷に土砂が落ち、そのまま長い年月が経っていたんだ。

コインから、クスクス笑い。魔神ロキが飄々と言う。

『採掘場の地下に封印の氷とはね。杜撰《ずさん》な隠し場所だが、掘られてばれたらどうするつもり――いや、そうか、そのための「鴉の戦士団」か。実際にここを封鎖してるしね』

言い合っている間に、別の地点からも次々と土煙があがる。大小の穴が開き、魔物が這い上がってきた。迷宮内部からも無数の呻り声。

まるで、目覚めた炎の巨人と共鳴しているかのようだ。

炎の巨人が現れた大穴からは、ゴブリン、コボルト、オークといった魔物の出現が止まらない。崖の下はさらに敵が満ちていった。地中で、魔物を封じる氷がどんどん溶けだしている。

漏れ出た声は、熱気のせいか、かすれていた。

「巨人の遺灰の、巨人って――封印の氷を溶かす力を持った、炎の巨人ってこと……？」

東ダンジョンにまかれた灰は、こうした燃える巨人の魔物から得られるのかもしれない。

神様は、封印の氷で魔物を閉ざした。ならそれに抗うのは、炎の力。

燃える巨体は、いわばギデオンがまいていた遺灰の、生きている姿だ。

ソラーナが金貨から応じる。

『うむ。しかも、この気配――炎の巨人は多くいるが、その中でも特に強いものだ。おそらく、ここに封じられていたのは、狼骨スコルと同様、魔物の将。原初の巨人から「骨」の称号を担わされたものだろう』

トールの声が、雷鳴のように響く。

『古くは、炎骨スルトと呼ばれたやつだ。一度ぶつかったが、手ごわい巨人だ』

ミアさんが頭をかいてぼやいた。

「ああ、まったく！　フェリクス、報酬追加だよ！」

「今する話ですか、それ!?」

フェリクスさんは細目の目尻を下げて、呆れたみたいだった。

「……まぁ、怯えないところは賞賛ですが」

「へっ。度胸はリオンのを褒めてやりな」

トールが金貨から僕に問いかける。

『さぁ、どうする？　リオン』

心臓がうるさいほど鳴っていた。手足の感覚が、どこか遠い。

『見ろ。これだけの魔物が封じられていたんだ』

つまり、と雷神様は言葉を継ぐ。

『ここの封印は、とても強い。爪先が凍りそうなくらいな。魔物を封印の冷気から守るのは、あの巨人の炎だ。だが俺達神々には、お前の〈目覚まし〉が頼りだ』

迷宮内、崖の下、色々な場所から魔物の声が響いてくる。採石場だった名残か、崖には横穴同士を繋ぐ通路があって、そこから衛兵さんが顔を出した。

「こ、ここにも魔物がいる！」

「逃げろ！」

「でも――どこに⁉」

息を整えた。

今更怖いなんて、許されない！

「もちろん、戦います」

目を開いて、顎を上げて。封印から神様を解き放つ角笛を、高らかに吹き鳴らす。

〈スキル：目覚まし〉を使用しました。
『封印解除』を実行します。

採石場の断崖は東西に長く伸びている。僕らの足元で始まっていた魔物の発生だけど、同じような穴が崖下のあちこちに生まれた。黒い水が湧きだすように、無数の魔物が底に溢れだす。

敵の大群は、切り立った崖の下を東西に移動していく。ゴブリンなどの人型魔物の中には、断崖をよじ登ろうとする姿もあった。

角笛に反応して、ポケットから金貨が飛び出す。輝くコインは、表面にソラーナ、裏面に四人の神様が彫りこまれていた。

音色と共に、まず飛び出してきたのは長い髪をきらめかせたソラーナ。オーロラのような帯がなびく。女神様は、宙から金色の目で崖を見下ろした。

「敵が多いな。もし、ここの崖から魔物が外へ出れば……」

「ああ、王都の再来だ」

僕に応じるように、他の神様も次々に飛び出してくる。赤髪に荒布装束のトールは、右手に鎚を持っている。鎚頭で弾ける雷光が力強い笑みを照らした。

「巨人狩りとは腕が鳴るぜ」

続けて黒いローブの魔神ロキ、青鎧の薬神シグリスが金貨の外へ現れる。一番最後に出た狩神様は、口笛を吹いて茶髪をかきあげた。

「こりゃ、大仕事だ！　風の流れからして、崖の東西に平地への切れ目があるだろう。そこを目指す魔物と、崖を登る魔物、どっちも倒さなくっちゃ……」

崖の上にいたんじゃ、崖下を走る魔物を見送るだけだ。僕はぎゅっと拳を握りこんだ。

「し、下へ降りましょう」

「まぁ、そういうことになるね」

ミアさんは渋い顔をする。トールが横目で僕を見て破顔した。

「はは！　そういうことだ。敵が多いなら、分担するしかない。空を飛べる俺らは、巨人や遠くへ逃げる魔物を仕留めるが」

トールは四角い顎で眼下を示す。

「ここら一帯、逃げ遅れた戦士団や衛兵がいるだろう。連中が撤退するための時間稼ぎは、お前達に粘ってもらうぜ」

炎の巨人と戦うにも、魔物を防ぐにも、まずは下へ降りないと。

「行こう！」

金貨から飛び出した神様達と、僕は崖底に着地する。

元の高台に残るのは、小人を背負った運搬係《ポーター》だけだ。この人は、地上へ彼女を逃がす役割がある。

崖には同じような坑道がいくつもあって、それぞれが木橋で結ばれていた。渡っていけば、やがて上まで着けるだろう。

「ご武運を！」

運搬係《ポーター》が手を振って、足場を結ぶ橋へ向かう。その時、背中でリュックの蓋が勝手に開いた。顔を出したのは、小人の女の子。手に握りしめた何かを、僕らへ放った。

「これを！」

ミアさんがキャッチする。小人の少女は、もう遥か上になった足場から叫んできた。

「アタシ達にも、力を貸させて！　危なくなったら、それ使ってぇ！」

サビまみれの塊だけど、斧の形をしている。探索の中で得られた武具は、運搬係《ポーター》の人のリュックに入っていたんだ。

ミアさんと僕は視線を交わし合う。

「リオン、あんたなら……」

「うん！」

〈スキル：目覚まし〉を使用しました。
『封印解除』を実行します。

『緋の斧』を封印解除しました。

ポロポロと錆が剥がれて、古代の武具が息を吹き返す。

ミアさんの手に握られていたのは、片手用の斧。刃はうっすらと赤くて、誇らしげに差し込む陽光を弾いていた。ミアさんは上に向かって声を張る。

「ありがとう！」

「どういたしまして！　アタシ、小人の鍛冶屋、サフィ！　あなた達は？」

「僕は——僕は、リオンです！」

魔物達の咆哮が、狭い崖下に響き渡る。

迎え撃つように、雷鳴みたいな笑いが轟いた。

「手厚い歓迎だなぁおい！」

雷神トールが担いだ鎚を地面に叩きつける。青白い雷光が散って、魔物の群れが破られた。

開いた空間に踏み出し、僕らは武器を振るう。魔物がいないエリアを少しでも広げて、動ける場所を確保するんだ。

ゴブリン、コボルト、オーク、魔物達が波のように押し寄せる。常に武器を振って押し返さないと、あっという間に呑まれてしまう。

ミアさんが鎖斧を振るった。

「全員、頭を下げなぁ！」

重たい刃が魔物の群れを薙ぐ。乱れた隊列に、僕はさらに踏み込んだ。

「はっ！」

オークの脚を切りつけ、転倒させる。小柄なゴブリン達が巻き込まれ悲鳴をあげた。混乱した敵の陣形に、フェリクスさんが魔法でトドメを刺す。

「火線《バル》」

火が宙を貫き、氷が地面を駆ける。次々と魔物が倒され、波のような圧力が止まった。敵は神様達だけじゃなく、僕らも警戒し始めてる。僕は、ミアさんやフェリクスさん、それに鴉の戦士団達と背中合わせに立った。息を整えよう。いつまた猛攻が始まるかわからないし、敵のボスが健在だ。

「炎骨スルト……」

僕はその名前を唱えた。炎をまとった顔。その中で口角が左右に引き伸ばされ、にたりと笑ったように見える。

全長は八メートル。神殿の尖塔並みに大きい。

スルトは無造作に右手を掲げる。掌に炎が生まれていた。直径数メートルの火球が、僕らに向けて降ってくる。

ソラーナが僕らの前に出て、輝く障壁を張った。ぶつかった火球は衝撃と熱波をまき散らす。コボルト達が巻き込まれるけど、敵はおかまいなしだ。

「っ、これは……！」

女神様が呻いた。障壁が悲鳴をあげるように揺らいでる。

トールは鎚を振り回して、僕らに迫る魔物を押し返した。他の神様――魔神ロキ、狩神ウルは東西に散り、岩壁を登ったり、崖の切れ目を求めて走る魔物を追撃している。

薬神シグリスが少し離れた上空へ飛翔、大きな匙から魔力を振りまく。崖の中腹で戦っていた戦士団や、傷を負った衛兵達を回復させたのだろう。

声が降ってくる。

「た、助かった……！」

上の足場に衛兵さんがいた。そこによじ登ろうとしていたゴブリンを、風の精霊《シルフ》の突風で叩き落とす。僕は声を張った。

「早く上へ！　逃げてください！」

「あ、ああ！　すまない！」

崖を這う足場を、衛兵さん達は走っていく。

彼ら全員が安全な場所に逃げるまで、僕らは退けない。

「……敵は、往時の力に近い」

ソラーナが僕の前に降りてきた。汗を拭って問いかける。

「倒せる？　スコルみたいに」

今、スルトにぶつかることができるのは、僕らパーティーと、ソラーナ、そしてトールだけだ。他の神様には、魔物をこの崖から出さないという大事な役目がある。

トールが鎚を投擲《とうてき》した。

「さて……な！」

弧を描いて飛ぶ鎚は、魔物を扇形に薙ぎ払った。でも、スルトが腕で顔を庇うと、巨木のような二の腕が必殺の鎚を受け止めてしまう。

雷神様が赤髪をかいて舌打ちした。

「……俺らのほうは、どうも本調子じゃないらしい」

戻ってきた鎚を握り、トールは太い右腕をなでた。

「目覚めて、相当に暴れたからな。おまけに角笛に、一昨日ほどの力はないだろう」

僕はどきりとして、ポーチの蓋を開けた。角笛には、確かに王都の戦いほどの輝きはない。

「そいつは、本来なら地上全ての神々を昂らせる角笛だ。まだ力が回復しきっていないのかもしれん」

魔物達が唸りながら、じわりと包囲を狭めた。だんだんと有利を確信し始めたのかもしれない。

僕は、正面に立ちふさがる炎骨スルトを見上げる。

「――こんな魔物が街道へ出たら、また、王都の東側の繰り返しです」

焼け焦げて、怪我人に満ちた情景が胸を過った。飛びかかってくる狼、ワーグを切り裂く。

ミアさんが右手で鎖斧を投げた。その隙に組み付こうとするゴブリンを、左手に予備の手斧を握って叩き伏せる。

「じゃ、あたしらで穴を埋めるしかないだろ！　時間稼ぎくらいは、できるだろうさ」

吠えかかるオーク、その頭にミアさんは予備の斧を投擲。見事に首筋に刺さっていた。

ミアさんは、鎖斧を回収しながら、新しい武器――『緋の斧』を取り出す。

「戦士団も、今は役目を果たしましょう」

フェリクスさんが杖をついて指揮を取ると、二人の団員が僕の左右を抜ける。一人が槍で、一人が剣。魔物の侵攻が止まり、僕にスキルを使う余裕ができる。

「――うん！」

僕は『雷神の鎚』を近くのオークに打ちつけた。

〈スキル：雷神の加護〉を使用しました。
『雷神の鎚』……強い電撃を放つ。

スルトが僕らを見下ろして、腕を振り上げる。ほとんど城壁が落ちてくるようなものだ。

「まずい！」

ソラーナが僕らを守ろうとする。でもミアさんとフェリクスさん、二人と視線が重なった。

「目覚ましっ！」

精霊の突風。そこにフェリクスさんの炎魔法がぶつかり、爆炎になる。腕を弾きあげられ、スルトの巨体が体勢を崩す。

たまらず地面についた巨大な右手に、ミアさんは『緋の斧』を叩きつけた。

「おお！」

スキル〈斧士〉の能力、『重撃』。鐘を鳴らしたような轟音がして、スルトが下がる。あの巨大な敵が、僕らの前でよろめいたんだ。

苦し紛れにスルトがまき散らす炎弾を、ミアさんは同じ斧で切り払う。小人の武具は刃を赤く光らせた。赤髪と、赤色の閃きが、炎の中に舞っている。

「――すごい」

これが、パーティー。僕はミアさんとフェリクスさんを見上げる。

「……炎をまとった手を斧で叩くなど、危険すぎると思いますが」

「あん？　仕方ないだろ？」

……まぁ、言い合いがなくなるのはしばらく先かもしれないけど。

一〇メートルほど離れた位置からスルトが苛立たしげに僕らを見つめている。燃える目で、眉が不快そうに動いていた。

「う……」

魔力が減ってきた。目がちかちかする。でも、もう少し、もう少しだけ、このパーティーで戦いたい。冒険者として僕は前へ進めている気がした。

トールの声が頭上から降る。

「……やるな、人間よ」

え、と問い返そうと思った時、僕の胸に赤い光が宿っていた。

「リオン」

トールに名前を呼ばれ、敵に踏み出しかけた足を止める。

「……トール？」

思わず声をかけてしまう。雷神様は、いつも岩山のように厳めしい。でもその時だけは、ふっと晴れ間が見えたみたいに、優しげな笑顔に見えた。

戦意に燃え上がっていた目も涼やかになり、澄んだ光がある。

「戦いながら聞け」

炎骨スルトが咆哮をあげ、跳びあがる。

「散開！」

フェリクスさんが叫んだ。八メートルほどの巨体が見る間に空を塞ぎ、僕らに拳が降ってくる。悲鳴をあげながら全力で駆けた。迫る熱波で体が蒸発してしまいそうだ。

衝撃、そして熱風。

僕はトールが巨体を盾にして、守ってくれたことに気が付いた。僕以外の仲間、ミアさん達はソラーナが輝く障壁を展開して庇っている。

「うっ――」

息が漏れた。腕や足が火傷を負っている。右肘についた革防具も、黒焦げで外れかかっていた。

ぞっとしながら革を外し、遠くへ捨てる。

スルトが仕留め損ねた僕らを忌々しげに睨んだ。長い腕を突いて中腰で崖下を移動しはじめる。

厳かな口調で、トールが呟いた。

「神々が崩れたら、人間も崩れたものだがな」

ソラーナが応じた。

「今は、違うのだと思う。千年、神々が眠った状態で王国を守り抜いてきた、今は」

スルトが右腕を振るうと、弾かれたように魔物の群れが突撃してきた。中には、神様と僕らの戦いを見て、後ずさる姿もある。

でもそうした魔物に対し、スルトが一声。退路を塞ぐように炎の壁を立ち上げ、逃げるゴブリン達を焼き捨てた。

「はは、魔物どもを死兵に変えやがった」

トールは笑うけれど、とんでもない状況だ。崖下に残る僕らに、魔物達が殺到する。

仲間と集まり、自然と背中を守りあうような円陣になった。崩れない。今は、まだ。

それだけはできない。

「いいな。確かに、昔よりだいぶ強い」

トールは雷鎚《ミョルニル》でオークを打ち払いながら、遠くで様子を窺うスルトを目で示した。

「あの巨人、炎骨スルトは強敵だ。だが同時に、慢心してもいる」

「油断ってこと？」

「おう。見ろ、目がほとんど俺とソラーナしか追ってねぇ」

巨人の視線は、確かにソラーナと、僕と隣り合わせで戦うトールだけを追っていた。

「僕らは眼中にないってことか……」

「そこに、付け込むというのはどうだ？」

トールの目には、冷たい光がある。ただ強いだけの神様じゃなくて、戦いの知恵を身に付けた、戦神でもあるんだって気づかされた。

「どうするの？」

トールは僕の胸を指さす。さっき一瞬だけ見えた赤い光が、再び僕の胸に灯った。

「勝ちたいか？」

「――は、はい！」

気持ちだけじゃ、何かを守ることなんてできない。戦って切り拓くには、強さが要る。

「お前が一番危険な役目だが」

「ぼ、僕がやります」

声が上ずったうえ、きっと目を見開いていたと思う。トールは太い顎をさすった。

「面白《おもしれ》ぇ。見せかけじゃねぇな、優しい最強」

とん、と大きな拳が僕の胸を突いた。それだけでよろけてしまいそうになる。

「そぉら！」

トールが雄叫びをあげて、雷鎚《ミョルニル》を投擲する。雷光の鎚が狙うのは、遠くに座す炎骨スルトだ。

「ははぁ！　待ってるだけじゃ退屈だろ⁉」

雷をまとった鎚は、最初に右から、次は左から、勝手に飛んで炎骨スルトを襲った。巨人の左右に、城壁のように大きく分厚い魔力障壁が展開されている。

鎚が障壁を打つたびに、轟音が崖底を揺るがした。

「わたしも、呼応しようっ」

ソラーナが両手を前に伸ばし、黄金の光をスルトへ放った。

巨人が唸りながら数歩、下がる。それだけでさらに一〇メートル間合いが開いた。

――オオオォオオ！

スルトが上を向き、木の瘤《こぶ》のような喉を見せつける。咆哮は、きっと部下である魔物達への命令だ。

巨体が退いた空間に魔物がなだれ込む。

ミアさんが斧を持って、踏み込んだ。

「邪魔だ！」

一薙ぎ、次いで閃光。

僕には『緋の斧』の刃が赤く輝いて見えた。斧から炎が噴き出す。まるでスルトの炎の再現だ。

扇形に魔物が吹き飛ばされる。紛れ込んでいた巨体、ゴーレムさえ仰向けに倒れていた。

ミアさんがあんぐり口を開けて、斧をなでる。

「な、なんだこりゃ……」

小人の鍛冶屋さんからもらった斧、とんでもない魔法効果があったのかもしれない。フェリクスさんの声。

「ミア、頭を下げてっ」

赤髪がしゃがんだすぐ上を、フェリクスさんの炎弾が飛びぬけた。生き延びていた残党を魔法が始末する。

トールがにっと笑い、顎でスルトを示した。

「道ができたな」

巨人がギラリと目を光らせた。傷を負わないまでも、攻撃を受け続けた現状は変わらない。僕が敵だったら、おそらく打開しようとする。

スルトは炎の息を口から吐き、トールを見据えた。雷神様は微笑して、一歩前に出る。

「俺が、この道をまっすぐ敵へ向かう。だが、それは囮だ」

「……え？」

スルトが両腕に炎を纏わせて、振り上げた。ソラーナが叫ぶ。

「炎で、崖下の一帯を薙ぎ払うつもりだ！」

仲間が動揺する中、トールだけがさらに笑った。

「好機だリオン！　敵がでかい攻撃をする時、相手の視界も悪くなる」

太い指が崖を示す。

「あそこまで跳んで、相手の顔面に攻撃しろ」

「は、えぇっ!?」

「僕がやりますって言ったじゃないか」

「そ、それって、そんなのって……！」

まったくの自殺行為じゃない？　雷神様は僕の胸に宿る、赤い光を見つめた。

「聞け。お前か、スキルそのものが、ちと特別らしい。迷宮で共闘し、レベルを上げた今なら、次の力を貸してやれる。だがそれには……お前もまた勇気を示せ」

雷神様は告げた。

「神々から力を借り受けるには、絆が要る。絆が、神々から人へ魔力を降ろす通り道になるからだ。俺は戦神。認めてやるには、共に、ここをかけて戦うことが必要だ」

トールが指さしたのは、赤い光の灯った僕の胸だ。

「トドメを預けるぜ、リオン」

共に戦おう。

そんな言葉と共に、僕は大きな手のひらで背を押された。

走れ。言葉が、意思が、胸の内から湧き上がる。

スルトが腕を振り下ろす。熱波が崖下を駆け抜ける。巻き込まれた魔物達が次々に焼かれていく中、ソラーナとトールが、魔力障壁でミアさん達を守っていた。

「あっつ……！」

悲鳴をあげながら、僕は崖へ向かう。岩場を蹴りあがって、高度をとって、地面を奔る熱波をよけた。背中が焼け落ちそうなほど、猛烈に熱くなっている。足を滑らせたら、たちまち炎の海に真っ逆さまだ。

でも、確かに、スルトは僕を見ていない。炎に焼かれながら進んでいく神様しか、眼中にないんだ。

「いける……！」

三〇メートルの間合いを駆け抜ける。

岩を蹴って飛ぶように動きながら、僕はスルトの側面に回り込んだ。敵は魔力障壁を完全に消している。それは――そうか。この魔物にとって、警戒すべきは神様の攻撃だけだから。

攻めている今、守りを忘れている。

――跳べ！

頭に雷神様の声が響いた気がする。僕は、無我夢中で、崖を蹴って炎骨スルトに飛び込んだ。

ふと思う。

「この後――どうするの!?」

スルトの眼球が僕を捉える。熱波で鼻が焼け落ちそうだった。目を開けていることさえ辛い。

顔をかばった腕は熱した鉄に押し付けられたみたいだ。

フェリクスさんが悲鳴をあげている。

「リオンさん！」

瞬間、視界が赤く染まった。胸にあった赤い光が、僕の全身を包み込む。

これ、ソラーナと絆を強めた時と同じだ。


〈雷神の加護〉を使用します。

『ミョルニル』……雷神から、伝説の戦鎚を借り受ける。


短剣に雷光がまとう。『雷神の鎚』とも似ているけれども、量が全然違った。雷光は短剣に集中したまま霧散せず、むしろどんどん大きさを増していく。やがて雷で象《かたど》られた巨大鎚が僕の手に握られていた。

大きさも、形も、トールの持つ鎚――ミョルニルにそっくりだ。

力を貸すって、本当に、あの鎚を貸すってことか。

無警戒の僕に鎚を託して、これで相手に神様の力をぶつけろということだろう。

思い切り振りかぶる。轟音と共に、僕はミョルニルを炎の巨人へ振り下ろした。

僕とスルトの叫びが、崖に反響している。僕は打撃の反動と、スルトの咆哮で、後ろに弾き飛ばされた。落下する僕をソラーナが受け止めてくれる。

巨人の顔、左半面は大きく抉れていた。僕の手から雷光がほどけて消えていく。

僕を地上に下ろして、女神様は瞑目した。

「よくやった、リオン」

ソラーナはぎゅっと僕の手を握る。開かれた金色の瞳が、どこか誇らしげにきらめいた。

「君が開いた道は、わたし達が広げる」

頭に痛打を受けて、巨人は体勢を崩している。その眼前にトールとソラーナが浮き上がった。

雷神様が本物の雷鎚《ミョルニル》を振り上げる。

「俺もお前も、人間をなめてたな」

追撃となる、神様の猛攻。至近距離から放たれる雷の鎚を、太陽の光を、炎骨スルトは防ぎきれない。ソラーナとトールが前後から攻撃を放ち、巨人の胸板に大穴を穿った。

「やった……！」

呟く僕の所へ、ミアさん達が追いついてくる。フェリクスさんが細い目を見開いて、杖を振り上げた。

「さぁ後は生き残るだけ！」

円陣を組み直し、僕らは魔物の大波に抗った。

崖下に満ちていた魔物はどんどん数を減らしていく。炎の巨人がいなくなったせいか、地面の穴から無尽蔵に敵が湧き出すことは止みつつあった。

でも魔物の軍勢に食いつかれながら生き延びることは、神様の援護があっても大変で。僕は気づくと、仰向けで空を眺めていた。

魔物の気配は、もう感じない。周囲にはたくさんの魔石が散らばって、僕らだけで王都の東側で起きた魔物の侵攻を食い止めたようなものだった。

「よかった……」

魔力使用と疲労で、火傷の痛みさえどこか遠い。声は風に流れて、崖の隙間から見える青空に運ばれたような気がした。

ふいに、天から言葉が降ってくる。

冒険者の皆様へ。

神様からの全体メッセージだ。全ての冒険者に向けた呼びかけが、激戦を終えた僕らにも降り注ぐ。

各地で終末をもたらす魔物が現れています。

しかし、もう恐れることはありません。

角笛と共に現れた英雄が、神々が、強大な魔物に勝利をしはじめています。

角笛と呼びかけられて、僕は上半身を起こしてポーチに手を伸ばす。外に出した角笛は、少し熱を取り戻しているように思えた。


冒険者よ、与えられたスキルを活かし、魔物を倒してください。

終末の先へゆく、英雄となるために。


声はそれっきりで、途絶えてしまう。涼しい風に僕は呟いていた。

「英雄……？」

その時、ほんの一瞬。空に鴉の声が聞こえる。僕は崖の上にありえない人の姿を見た。

古道具屋さんだ。僕にソラーナの金貨をくれたあのおじいさんが、高みから僕を見下ろしている。

でもまばたきした直後、もうおじいさんは消えていて。

「どうした、リオン？」

問いかけるソラーナに、僕は角笛を握りながら、首を振るしかなかった。『英雄』という言葉が妙に頭に残っている。

父さんのような、そんな存在を目指していたのに、今はその言葉が妙に不穏に聞こえた。

仲間、そして家族

オーディス神殿の中庭で、僕は工具のいっぱい入った木箱を持ち上げた。

「これ、運んでおきますね」

そう言って振り返ると、白い法衣の神官さんが申し訳なさそうに眉を下げる。

「すみません、リオンさん。あなたは客人なのに」

「平気ですよ」

正直、何かしていないと落ち着かない。

城壁に囲まれた神殿内を、暖かい風が渡っていった。季節は少し進んでいて、春らしい陽が注いでいる。僕らが東ダンジョンの異変に巻き込まれてから、二週間が経っていた。

その間に、僕の周りも少しずつ変わっている。

東ダンジョン、そして北ダンジョンと立て続けに異変に見舞われた王都は、もう落ち着きを取り戻した。僕らは残る南ダンジョン、西ダンジョンも調査に行って、周辺にはもうスコルや炎の巨人のような強大な敵が残っていないことを確認している。

近場の異変は小康状態といったところだけど、オーディス神殿はむしろ忙しさを増していた。

木箱を抱えながら、広い城壁内を歩く。

王都城壁の外に位置するこの神殿は、広がる丘陵の中で島のように孤立している。そこに荷馬車がやってきては物資を下ろし、一方で、二頭鴉のマントを羽織った戦士団が馬を駆って慌ただしく飛び出していく。

この二週間、各地でも強力な魔物の出現が相次いでいた。中には狼骨スコルほどの力を持った魔物もいて、冒険者が協働して撃退した例もある。

全体メッセージ通り、各地で異変と英雄が生まれている状況だった。

金貨からソラーナの声がする。

『戦士に休みはない、といった状況だな』

「うん……」

木箱を持つ手に力が入った。門を出る荷馬車を目で追ってしまう。

『リオン、焦るな』

「わかってる、けどさ」

僕はもう三日以上、オーディス神殿から出ずに鍛錬に明け暮れていた。周辺の調査が終わり、かといって遠出できるほどの情報もない、そんな動くに動けない状況が続いている。

『君は、確実に強くなっているぞ。今までの迷宮でも、ここでの鍛錬でも』

今は、レベル23。炎骨スルトを倒した後、僕はまた一気にレベルが上昇していた。

〈雷神の加護〉に『ミョルニル』という能力まで加わり、鍛錬はその習熟も兼ねている。

でも、まだ足りない。ルゥを守り切れる強さって、どんな風にしたら手に入るのだろう。

その時、どぉん、と地面が揺れた。僕はびくっとして、鍛錬場を包む石壁を見上げる。

壁の向こうから、雷鳴のような笑い声。

――はっはっは！　さぁ、次の特訓といこうぜ。

口元が引きつった。

「トール、今日も元気だね……」

『神殿の中でやる分には、問題ないと思うが』

ふぅ、と僕は外で、ソラーナは金貨の中で、ため息をつきあう。

ソラーナ以外の神様も、今は金貨の外に出ていた。東ダンジョンから続いた連戦が終わり、時間も経って、魔力が戻ってきたみたい。

封印は神様にもまだ有効だけど、戦いのように激しく魔力を使わないなら、本来の大きさで――つまり人間と同じ大きさで外へ出ることができている。

僕のレベルが上がって、〈目覚まし〉の効果が上昇したって関係もあるらしい。

そんな神様達はけっこうマイペースで、二週間の内に驚くことも多かった。

遠雷のように響くトールの声に苦笑しながら、僕は歩き続ける。

「神様や魔物が目覚めていること、みんなに伝えないといけないね」

『オーディス神殿が、同じことを告知しているようだが……神と人間が共闘するなら、神々についても目覚めた事実を広く知らせることになるだろうね』

強大な魔物の存在も、神様の存在も、今まで教わってきた神話と反することになる。大混乱にならないよう、オーディス神殿は伝え方を思案しているみたいだった。

トール達も外へ出てきてはいるけど、基本的には鴉の戦士団の敷地内だけだ。

『すでに魔物については、強大な存在が目覚めたと全体メッセージでも知らされている』

「うん。ゆくゆくは、それに対抗するために神様が出てきた、という話で伝わるのかな」

そんなことを話す間に、僕は目的の場所に辿り着いた。

石造りの頑丈そうな建物。煙突からはもくもくと黒い煙が吐き出されている。かぁん、と鎚の金属音が心地よく響いた。

「入ります」

どうぞ、と甲高い返事を聞いてから、僕は中へ入る。炉の熱気で内側は少し暑く、炭の臭いもした。もし、初めてここを見る人がいたら目を丸くしてしまうかもしれない。

だって子供にしか見えない背丈の五人ほどが、鍛冶作業をしているのだもの。それぞれ金鎚や火ばさみを使いこなし、重たい武具を打っていた。

僕は持ってきた木箱を持ち上げる。

「これ、頼まれてた工具です」

小人の女の子が金床から顔を上げた。黒目がちの目がくりくりと動き、二つに結った緑髪が揺れる。

「あ、ありがとう！　あなたが持って来なくても、取りに行ったのに！」

「丁度、仕事を探してたから……」

僕は頬をかく。迷宮で稼いだり起こし屋をしたりしていたから、鍛錬だけじゃなくて、何か仕事をしていないと落ち着かない。

小人の少女、サフィが心配そうに眉根を寄せる。

「腕、もう平気なの？」

「神様に癒してもらったからね」

「だからって英雄サマに」

頬が引きつってしまった。

「……英雄って……」

「だってそうじゃない」

ねぇ、と言いたげにサフィは後ろを振り返る。四人の小人がコクコクと頷いた。

「アタシ達を目覚ましてくれたんだし。そのうち、仲間もきっと増えるわ」

坑道迷宮で見つけた小人達だけど、すぐに〈目覚まし〉できた数は少なかった。千年に渡る封印は、神様にも負担になるくらいだ。すぐに目覚められるほど力を残していた小人は多くない。数十人は石の姿のまま助け出され、封印の弱い地上に安置されている。

ソラーナの話だと、太陽の光に当たっていれば、だんだんと回復していくらしい。

『太陽の光には、しっかりと魔力が含まれている。いずれ目覚めるだろう』

「だといいんだけど——あ、そうだ」

サフィはぱちんと手を叩く。金床に戻り、一本の短剣を取ってきた。

僕の『青水晶の短剣』だ。昨日、古代の鍛冶師である小人達に預けておいたんだ。

サフィが右手の鎚で短剣に触れると、握《グリップ》りで緑の刻印がうっすらと光る。

「うん、もう大丈夫。アタシ達の魔法文字《ルーン》も刻んでおいた」

笑いかける小人達。

サフィ達は、すでにたくさんの武器を戦士団に渡していた。ミアさんが迷宮で『緋の斧』という古代の斧を手に入れたように、小人達は技術者として戦士団の力を高めている。

あの大きなゴーレムも、魔物化してはいたけど、元々は彼らが生み出した魔法機構らしい。

「この子に刻んだのは、迅《ラド》という魔法文字《ルーン》。風の力を持った文字よ」

研ぎ直された刃には、濡れたような光。柄のクリスタルで、精霊も喜んでいるかもしれない。

「精霊の力も高めるから、要所で使ってね」

サフィが片目を閉じて見せるのに、僕は短剣を腰にさして礼を言った。

「ありがとう！」

「……でも、短剣だけでいいの？」

小人の鍛冶屋さんは、顔を曇らせた。

「絶対、ぜ〜ったい、あなたの戦い方だと籠手《ガントレット》があったほうがいいわ」

後ろの小人達が、またコクコクと頷く。

サフィ達は、炎の巨人との戦いで僕が腕に火傷を負ったことを、ずっと心配してくれている。確かに短剣はリーチが短いから、腕を守れたほうが心強い。でも――

「すごく軽いのじゃないと、手が重くなって、体に振り回されるみたいになっちゃうから……」

堅牢な籠手をつけるより、回避に注力したほうがいい。僕は体が軽いから、防具も限られる。

小人達も無理強いはしなかった。

「そ。ま、欲しかったら教えてね？　鍛冶師の名にかけて、あなたには何でも作るよ！」

その後も何度も礼を言ってから、僕は鍛冶場の外へ出た。小人達の親切が心地よくて、春風と一緒に心が温かくなる。

頭に声が響いたのは、丁度、歩き出そうとした時だった。

『リオン、ロキだ。ちょっと聞きたいことがあるから、大塔まで来てくれないか』

ソラーナの声が応じる。

『ロキか。なんの用事だ？』

『来ればわかるさ。じゃ、頼んだよ？』

この神様は、いつもちょっと謎めいている。声は一方的に途切れてしまった。

『まったく……』

「ふふ、行ってみよう？」

僕は苦笑し、大塔へ足を向けた。

そこは、まるで魔神ロキの実験室だった。

城壁に囲まれたオーディス神殿、そこにある五階建ての塔は大塔と呼ばれている。王都を囲う丘陵地帯を見下ろせる、高くて大きな塔だ。ロキはその一室を自分好みに改造して使っている。

五メートル四方の部屋で、全ての壁に天井まで届く棚が置かれ、窓さえ塞がれていた。各段には杖や水晶、薬草類、さらには見たこともない形のドクロまで、これでもかと怪しいものが並んでいる。僕に用途がわかるのは、マナ草というポーション素材の薬草くらいだ。

極めつけは、部屋の真ん中にしつらえられた台座。直径五〇センチほどの魔石が安置されている。色は、夜明け前の空にも似た濃い青。あの炎の巨人スルトから得られたものだった。

「どうも、リオン」

闇色のローブをひるがえして、ロキが僕らに振り向いた。辺りを見回して、大げさに肩をすくめる。

「おやおやぁ。ソラーナは今日も金貨の中か」

『外へ出ると、封印で魔力を奪われる。今のわたし達にとっては、少しだが――』

ソラーナは、スコルとの戦いで右手の腕輪を砕いている。そこには、ソラーナがお母さんから受け継いだ魔力がこめられていて、女神様の力を強めていた。

トールやロキ達も、封印から目覚めて時間が経ったことで、力を回復させている。

『リオンの〈目覚まし〉があったとしても、制限時間が無になったわけではない。敵の急襲があるかもしれぬし、わたしはリオンを守りたい』

「なるほど？　僕は、こっちのほうが楽しいから、外にいるけど。ソラーナ、君はもう少し楽しみを知るべきだね」

マイペースに指を揺らして、ロキはそのまま立てた人差し指を魔石へ向けた。

「ま、いいや。今日はリオンに伝えたいことがあったのさ」

相変わらず、圧倒されてしまうほど大きな魔石だ。他の魔石は大きくても拳ほどだから、スルトのそれは抜群に大きい。

覗き込む僕とロキの顔が、歪んだ形でうっすらと映っていた。

「さてリオン。僕は、北ダンジョンで得られた炎の巨人の魔石を、ここに運び込んだ。『巨人の遺灰』とやらが彼らと関係しているなら、その魔石を調べれば色々なコトがわかる。遺灰の現物もあるしね」

僕は記憶の棚を探る。二週間という時間で、すでに魔神様は多くのことを解き明かしていた。

「ええと。『巨人の遺灰』は、やっぱり炎の巨人そのものの体の一部、だったんだよね？」

「ほぼ間違いなくね。周りにいる魔物に力を与え、昂らせる効果がある」

まるで、と僕は考えを整理してみる。

「魔物版の『目覚まし』……」

「ふふ、そうだね。要は遺灰をまくと、周辺の魔物に命令と魔力が送られるわけだ。『力を与えるぞ。だからもう一度やる気を出して、暴れ回れ！』ってな具合でね」

ソラーナが話す。

『――非常に厄介な力だ』

「そして強力だ。だけどね」

ロキは言葉を切る。いつも怪しげに光っているタレ目は、今は真剣に細められていた。

「調べている間に、僕はさらに別のことにも気づいた。それが、君達を改めて呼んだ理由なんだ」

『あまりよいことではなさそうだが』

「残念ながらその通り。実は、遺灰を生むはずの炎の巨人に、別の魔力の痕跡があった。おそらく、五、六年前から、そして二年前からより強く」

ロキが語ると、話がするすると進む。魔神は、やっぱり魔法の神様なんだ。

「魔物には、魔物にだけ感知できる連絡手段がある。魔物版の全体メッセージといったところかな」

僕は眉をひそめたと思う。ソラーナの声も訝しげだった。

『遠く離れた場所に命令するようなものか？』

「ま、そうだ。つまり指示をきっかけに、炎の巨人達は体を遺灰の形にし始めた。何年かかけてね。さすがに強者たるスルトは灰にはならなかったが、命令そのものは受け取っていた」

魔神様は目を細める。

「そんな遺灰に、呼応するように協力者が現れた。奴隷商人だ。もしリオンが王都で見た女が本当に魔物だったとしたら」

ソラーナが息をのんだ気配がする。

『……たとえば、その魔物が奴隷商人で、そして仮に血の夕焼けの事件の時にもいたのだとすれば』

「ああ。こうは考えられないかな？　ある強力な魔物が、二つの命令を出した。一つは、炎の巨人らに自らの体を遺灰にすること。炎の巨人達は、魔物の生みの親、原初の巨人に最も近い魔物の一つだからね」

　少し間を置いて、ロキは話を再開した。

「もう一つは、目覚めた魔物に対して、遺灰を集めて自分のところへ持ってくるように、という命令だ。たまたま炎の巨人の近くにいたか、もともと封印が長年で緩んでいたかで、目覚めたものもいたのだろう。要は封印を破る力を、一度、己のところへ結集するよう働きかけたわけさ」

　僕は急き込んで問うた。なんだかひどく悪い予感がする。

「それで、どうなったの？　命令を出していた魔物がいたってことなの？」

「うむ。命令を下した魔物は、二年前に目覚めていると思う。再び封印に囚われたかもしれないが、少なくとも、その時は一度。炎骨スルトにあった、古い命令の痕跡が五、六年前、そして新しいものは二年前。新しいほうが魔力は抜群に強い」

　二年前。

　忘れもしない出来事が頭に浮かび上がって、もう少しで叫ぶところだった。

「……父さんが死んだ、血の夕焼け事件の年です」

　何もない荒野で起きた、魔物の大発生だ。パウリーネさん達は、奴隷商人がそこに遺灰を持ち込んでいたと言っている。

　荒野には、父さんが死ぬほどの、強力な魔物がいた。

「いいかい？　これはあくまで日付の符合だ。確定じゃない。しかし、血の夕焼けで目覚めた強大な魔物こそ、炎の巨人や、奴隷商人に命令を下した親玉の可能性がある。そして、そんな魔物は――」

ソラーナが口を開く。

『原初の巨人ユミールしか、まずは考えつかぬな』

背中に氷を落とされたみたいに、ぶるりと震えた。頭に創世の光景がよみがえる。何もない暗闇の空隙で、巨大な生き物が産声をあげていた。

「……強いの？」

『おそろしく』

「そして、しぶとい。神々は一度殺したはずと思ったが、魔物達を遺し、千年前に復活している」

ロキは僕を見つめる。汗がじわりと浮かび、俯いてしまった。

「二年前の目覚めは、冒険者らによって防がれた。今度こそ成功するよう、つまりユミールを万全な状態で起こせるよう、敵は新たなピースを探している。その答えが、他の目覚めさせる力――彼らのいう珍しいスキルというわけかな」

僕は息を整え、顔を上げた。高鳴っていた鼓動が、だんだんと鎮まっていく。

「――わかった。ロキ、調べてくれてありがとう」

「こうなれば、血の夕焼けの遺跡に一刻も早く行くべきだが」

『そこも今は、魔物だらけ』

事件の後、オーディス神殿や冒険者ギルドが、荒野の遺跡を厳重に警戒していた。でもスルトが現れた後の二週間で、かつてのように魔物が発生しているらしい。

ロキは口を曲げ、手を振る。

「ああ。角笛の持ち主がいるかもしれないが、もうおいそれと調べられる場所じゃあないね」

焦りがある。敵のほうが、ずっと早くから動いているんだ。僕らは後手に回っている。

魔神様は顎に手を添えて、しげしげとこちらを見た。

「意外と驚かないねぇ？　君達の過去に関係するから、誰よりも先に伝えたのだけど……」

「今、慌てても仕方がないよ。できることをやるしかない」

ポーチから角笛を取り出して、ぎゅっと握る。我ながら、まるでお守りであるみたい。

僕はロキと別れて、部屋を後にした。階段を下りる足取りが、自然と早くなる。

『リオン……』

「平気」

今は、ね。思わずそう付け加えそうになって、慌てて口を覆った。


リオンが部屋を去った後、ロキだけが残される。魔神は指を鳴らして、ポットとカップを浮かせると、隅の丸テーブルでお茶を淹れた。

「さて……」

呟いてしまうのは、まだ言えない懸念事項があったから。

二年前、強力な魔物、原初の巨人ユミールが目覚めたかもしれない年。その直後から起き始めた出来事を、ロキは二つ記憶していた。

一つは、リオンにスキル〈目覚まし〉が授けられたこと。

もう一つは、ルイシアが体調を崩し始めたことだ。

「……オーディンよ。どちらもいい子だ。彼らに何か悪だくみをしていたら、今度こそロキは友情を損なうぞ」

魔神ロキは、人間という種族に乾いた見方をしていた神である。だがこの時だけは、主神の企みなど何もないことを、願わずにはいられなかった。


短い息が、食いしばった歯の隙間から漏れた。

陽光を背負って立つ、二メートル近い巨体。まるで城塞に挑んでいる気分だ。たてがみのような赤髪が風になびき、雷鳴みたいな笑いが轟く。

「さぁ、どうしたぁ！」

トールの誘い。でも、すぐには飛び込まない。それくらいの胆力は身につけてある。

雷神様の後ろで、きらりと金色の髪がなびいた。ソラーナの予備動作に、トールの目線が奪われる。

「はっ」

僕は地を蹴る。身を低くして、低空を泳いで接近。

短剣を振り抜こうとした時、目の前を巨大な鎚が塞いだ。

飛び退かなければ、顔全体を打ちつけていただろう。そうでなくても、トールはもう一歩踏み込むだけで僕を跳ね飛ばせたはずだ。

「一本だ」

トールはにっと笑って、鎚を岩山のような肩にかつぐ。単に構えを解いただけなのに、地面が揺らいだ。

雷神様は背後に浮かぶソラーナを見やり、目を細める。

「連係もなかなかだった。互いに速い。そしてソラーナの立ち位置もよく活かしてた。ま、俺には及ばなかったがな」

得意げに胸を反らすトールに、僕は肩を落とした。

「……どうも、ありがとうございます」

ソラーナも顔をしかめた。

「むむ。結局、五連敗か」

「そう焦るな、太陽の娘。お前もリオンも、最初よりずっといい線いってたぜ」

ロキと話をしてから、一日が経っている。僕とソラーナは、午後からトールに鍛錬相手になってもらっていた。

僕は二週間前の、炎の巨人との戦いを思い出す。握った短剣、その刀身に目を落とすと、映った僕はやっぱり悔しそうだった。

「……神様の力に頼るだけじゃ、ダメだって思ったんだ」

炎の巨人には偶然勝てたようなものだった。相手が神様にばかり注視していたから、僕が不意をついた形になったのだから。

僕は右腕をさする。終わってみると、僕は両腕にかなり火傷を負っていて、神様の癒しでも少し痕が残ってしまった。危ない戦いだったのは、間違いない。

「無力を認めるのは、心がでかい証だ」

トールは僕の頭に、大きな手を置いた。わしわしとなでつけられる。

「トール⁉」

「わはは、まぁそんな顔するな！　お前はすでに、十分でっかい男だってことだ」

「もう……」

そこでトールは口を閉じて、肩を回した。

「……少し、寒くなってきやがったな」

「うむ。わたし達も力を取り戻したとはいえ、やはり戦いとなると魔力の消費は激しい」

ソラーナも身を抱いて、太陽を見上げている。僕は女神様に聞いた。

「封印が効いてきたの？」

「うむ。以前よりは格段に長く外にいられるが、やはり、限界があることは変わらない」

ソラーナが応えると、トールも太い顎をなでた。

「ったく。魔物を抑えるためとはいえ、いかにも不便じゃないか」

「仕方がないだろう。今は、長く戦うためには角笛が必要ということだ」

僕も頷いて、ポーチから目覚ましの角笛《ギャラルホルン》を取り出す。

「……もう、大丈夫だと思う。ロキや小人のサフィが調べてくれて、力を取り戻してるみたいだから」

金で縁取《ふちど》られた装飾がきらりと輝いた。

スコルを倒した直後よりも、そして炎の巨人と戦った時よりも、角笛は存在感を増している。

でも、何度も角笛を握って耳を澄ませてみたけど、あの空から届く声も、大きな手も、やってくることはなかった。

「……やっぱり、夢だったのかな」

僕のスキル〈目覚まし〉を狙う奴隷商人達。彼らに対抗するためには、力が必要だ。

神様も角笛も大事だけど、僕自身も力を高めないと。

「もっと……もっとだ」

今、できること。やれていないこと。

戦士団の拠点に戻ってきてから、周りの迷宮を探索したりだとか、遺灰が撒かれたという他の迷宮の情報を集めたりだとか、時間が飛ぶように過ぎていく。気を抜くと焦りがじわじわと心を焙った。

昨日ロキの話を聞いたからか、そんな思いがなおさら強い。

リオン、と呼びかけてくれる女神様の声も、どこか遠く感じる。

角笛をしまい再び短剣を手にしたところで、背後から声がかけられた。

「お兄ちゃん！」

僕は慌てて振り向く。

「ル、ルゥ……」

白い神官服を着た妹が、手を振っていた。

「どうしてここに」

「大塔でスキルの練習をしていたの。それで、聖堂への通り道がここだったから……」

ルゥは歩いてくるなり、僕の姿に驚く。

「すごい汗だよ……」

「え？」

僕は額を拭った。いつの間にか、こんな息が切れていたんだ。

「大丈夫。むしろ、もう少しやらないと」

ルゥが口を斜めにした。神様達となぜか頷きあう。

「お兄ちゃん、こっち。女神様も」

空色の目で僕を見上げ、ぐいぐい手を引いてきた。

「え、でも……」

「いいから、ね？　私、スキルの練習以外にも薬草畑とか花壇のお仕事とか教わったの。お兄ちゃんに、知らないところを見せてあげる」

トールが笑って、バン、と僕の背中を叩いた。

「行ってやれ。鍛錬はどのみち終わりさ」

「……僕、強くなれてるのかな」

「なれる。筋肉だけがパワーじゃねぇぞ」

……その体で言われても、説得力がないけど。僕はルゥに手を引かれて、なし崩し的に神殿を案内された。


僕は鍛錬で汚れた衣服を脱ぎ、お湯で体を軽く拭かせてもらい、着替えた。

その後、僕はルゥに手を引かれて、神殿のあちこちに連れられた。城壁に囲まれたオーディス神殿には、鍛冶場とか鍛錬場、僕らが厄介になっている大塔以外にも、花壇や畑、それに祈りのための聖堂もある。

妹は中庭を挟んで、大塔の反対方向へ向かう。聖堂脇の花壇を指さして、僕に笑いかけた。

「ここ、私がお世話してるの」

ルゥが胸を張ると、色とりどりの花が風にそよいで、一緒に胸を張ったみたいだった。ちょっと頬が緩んでしまう。

聖堂の扉が開いて、丁度、母さんも出てきた。

「あら……」

母さんは、ルゥと同じ神官服姿だ。治癒の魔法が使えて施療院で働いていたから、この神殿でも似た仕事に就いている。

「二人とも。それに、女神様まで」

「神殿の中を見て回ってるの」

母さんはルゥに目を細めて、ソラーナに一礼した。

「女神様にもご面倒おかけします」

母さん、かなり神様に慣れた気がする。

王都で暮らしていた時と比べて、家族はかなり変わった。住む場所が動いたこともあるけれど、ルゥは病気が治って元気になっている。おかげで前より、押しが強くなった気もするけど。

視線が迷うと、鍛錬場の壁が目に入って、焦りに気持ちを揺さぶられた。

「僕、鍛錬とかしないで大丈夫なのかな」

母さんは首を振った。

「危ないことはやめて、とは言えないわ。でも、お休みも大事になさい。誰かのために頑張ろうとするなら、特に、自分を大事にすることを忘れないで」

「母さん……」

普通じゃない魔物との戦いに巻き込まれた僕のこと、やっぱり心配なんだろう。確かに、知らない間に、無理をしようとしてたかも。

生活が苦しい間、施療院の仕事でも家族を守っていた母さんの言葉には、重さがあった。

ルゥが飛び跳ねる。

「お兄ちゃん、次はこっち！」

母さんは僕に目配せした。

「行ってあげて」

「う、うん！」

僕はルゥを追いかける。ソラーナがくすくす笑っていた。

「……どうしたの？」

「いや。だが、わたしはやはり君達が好きだ」

「え……」

「かつての神々にはなかったことが、今の君達にはあるように思う」

薬草畑や聖堂を一通り案内されて、僕らは城壁の上に立った。ここから王都の方角や、丘陵へ延々と続いていく街道が見渡せる。

「いつか」

ルゥは振り向きながら言った。結われた茶髪が風になびいていく。

「また、王都へ帰れるといいね」

胸が締め付けられた。僕は、ダンジョンの探索があるから、この二週間で何度もオーディス神殿の外へ出た。

だけどルゥには戦う力がない。狙われている今、妹はこの神殿の内側で守られているしかなかった。

空色の瞳は不安で揺れているように思う。さっきまでの元気は、今まで気を張っていた裏返し。

「大丈夫。元の暮らしに戻れるよ」

僕はルゥの手を引いた。抱き寄せ、背中をなでてやる。

「僕も、神様も、ミアさんやパウリーネさん達も、みんなでルゥを守るから」

ソラーナも強く頷いた。

「その通りだ」

金色の瞳は僕とルゥの間を行き来する。女神様は言葉が湧き出るのを待つみたいに、ゆっくりと口を開いた。

「君達は、ただ懸命に、善良に生きてきただけだ。太古の戦いに巻き込まれ、命を落とすなど――あってはならない。そうは、させない」

ソラーナはふわりと浮き上がって、僕とルゥを細い腕で抱いた。

うん、とルゥは小さく震える。泣くのを我慢している時の、妹の声だった。

「でも、お兄ちゃん」

妹は一歩だけ身を離して、顔を下へ向ける。僕は問いかけた。

「どうしたの？」

「さっき、スキルの練習をしていたって言ったでしょ？」

首肯する僕へ、ルゥは吐き出すように告げた。

「少し怖い感覚があったの。誰かに見られているみたいな」

ルゥは自分の両手を見つめている。手のひらは細かく震えていた。

「私のスキルって、まだわからないの。王女様はもう発現してもいい年齢だって言ってくださるけど、私、どんなスキルがあるんだろう……」

ルゥは重ねた。

「またお兄ちゃんに、病気の時みたいに迷惑かけたりしないかな」

「迷惑なんて、そんなのないよっ」

ルゥへ言いすがった。

僕が北ダンジョンへ向かう時、ルゥは僕の背中を押してくれた。あの時は誇らしいばかりだったけれど、ルゥだって病気の時、きっと守られるばかりで辛かったのだと思う。

「……お兄ちゃんには、ソラーナ様達と、いっぱい冒険してほしい。怪我とかは、できるだけしないでほしいけど」

「ああ、わかってる」

僕はルゥの両手を取った。

「必ず、帰ってくるよ。いってきますで冒険したら、ただいまって、帰ってくる」

ルゥにどんなスキルがあるのか、まだわからない。でも〈目覚まし〉がそうであるように、僕の周りに神様がいるように、きっとただのスキルじゃない。そんな予感があった。

遠くから風が渡ってくる。

「あ……」

ルゥが呟く。胸を庇うように、身を屈めた。

「ルゥ？」

どくん、どくん、と心音が聞こえる。

僕は、一瞬、妹の体が光に包まれて見えた。いや、見間違いじゃない。確かにルゥの体に黄金の光が宿っている。それも、見覚えがある光だった。

スキル〈目覚まし〉に宿った封印の鑑定――これは『封印解除』が可能であることを示す光なんだ。

「なんで、ルゥに……」

呻いてしまうけど、猶予はない。ルゥの表情は苦しげだった。

「リオン！」

「うん！」

ソラーナに応えながら、ルゥの両手を握り直す。


スキル〈神子《みこ》〉が封印解除可能です。


聞いたことのないスキル。一体なんなのか、わからない。でも苦しむルゥをこれ以上放ってはおけなかった。

「目覚ましっ」

弾けるように光が散った。輝きの粒が僕らの周囲に舞う中、頭にメッセージが届く。

スキル〈神子〉を封印解除しました。


予感に似た寒気が、ぞくりと全身を貫いた。

遠くから風が——声が渡ってくる。空全体を揺るがすような雄叫びが、西の空から轟然と響いてきた。咆哮は音の壁になって、僕らを吹き飛ばさんばかりに叩きつけられる。

鳥肌が立った。遥か彼方の巨大な目が、僕ら兄妹を睨んだ気がする。

見つけた、と。


全身に淡い光をまとったルゥを抱き上げて、僕は大塔へと走った。

魔物の吠え声が響いたせいで、神殿中がざわついている。

「神様！　ルゥが！」

「落ち着いて、リオン」

ソラーナが僕とルゥを温かい光で包み込む。苦しげだったルゥの顔が、少し安らいだ。

「今、ロキやシグリス達にも状況を伝えた。神々も大塔へやってくるだろう」

「――ありがとう！」

僕は、いつもルゥが寝泊まりしている部屋に妹を連れてきた。一番近い休める部屋だし、何より、この状態のルゥを誰かに見せるのはいけない気がした。

「……お兄ちゃん」

ベッドの縁に腰かけて、ルゥは僕にすがりつく。息が荒い。まるで、ソラーナと出会う前に戻ったみたいだ。

階段や窓から神様達がやってくる。雷神トールも巨体を屈めて入室し、ルゥの様子に唸った。

「緊急のようだな？」

僕はルゥの背中をさすってやる。代わりに女神様が応えてくれた。

「うむ。ルイシアのスキルが目覚めたようなのだ」

黒いローブを揺らして、ロキが引き取る。

「なるほど？　その様子じゃ、ただのスキルじゃなさそうだ。さっきの咆哮も気になるが……」

青い鎧を鳴らして、薬神シグリスが前に出る。シグリスは身を屈めると、ルゥと視線を合わせた。

「――健やかにあれ」

短く言葉を唱えると、優しい光が妹へ振りまかれる。魔力を浴びて、ようやくルゥは目を開けた。

「あ、ありがとう。皆さん」

僕はほっと息をつく。けど、ルゥはまだ神官服の胸元を掴んでいた。

「何か、熱い塊が胸にあるみたい。体が、弾けちゃいそう……！」

ロキが素早く僕に目を向ける。

「リオン。彼女はスキルが目覚めてから、一度でもそれを行使したか？」

「まだ、だと思う」

魔神様は目を厳しくする。

「今すぐ行使させるんだ。目覚めたスキルが、不安定な状態になっている。起き上がった力は、行使しなければ止まらない」

「わ、わかった！」

でも――どんなスキルかわからないのに、僕はどうすればいいんだろう。

「ルゥ、スキルを使うことはできる？　それか、何か必要なものは？」

アイテムが必要なスキルもある。〈剣士〉であれば剣があったほうがいいし、それは〈槍士〉や〈斧士〉でも同じだ。

行使に条件がつく場合もある。〈目覚まし〉だってスキルを授かった神殿で、居眠りしていた人を目覚めさせたのが初使用だった。当時の能力は『起床』だけだったから、寝ている人がいないと効果が発揮されない。

スキルが発現したなら、ルゥは神様のメッセージを聞いているはずだ。状態《ステータス》には、スキルの詳しい説明もあるだろう。

ルゥが声を震わせた。

「魔力――魔石でも、アイテムでも、とにかく魔力が要ります」

「わかった」

丁度良く、戦士団のフェリクスさんや、パウリーネさんも部屋に入ってきた。騒ぎになったから集まってきたのだと思う。

魔力が必要なことを伝えると、フェリクスさんはすぐに、拳大の魔石をいくつも用意してくれた。

ルゥはベッドに腰かけた姿勢のまま、膝の上に魔石を置く。そして唱えた。

「スキル〈神子〉」

魔石が輝き、魔力を放出する。それはルゥがかざした手の下で、白い光となって集まった。

厳かな雰囲気。喉が鳴る。夜空の星みたいな、なにか崇高な美しさがルゥの横顔にはあった。

「能力『創造』を使います」

神様達がどよめいた。狩神ウルが顎を落とす。

「そ、創造だって……!?」

ルゥの手の下で、光が形を変えていく。編み物を編んでいるように。あるいは、蕾《つぼみ》が結ばれていくように。

魔力の光は、いつしか輝く糸になった。ルゥがかざす手の下で、複雑な形を織りなしてゆく。

僕は声を失っていた。奇跡、なんて言葉が頭に浮かぶ。

やがて軽い金属音を立てて、何かがルゥの膝に当たってから床に落ちた。

恐る恐る拾い上げる。

金属でできたそれは、僕も知っている装備品だ。

「籠手《ガントレット》だ……」

指が一本ずつに分かれたその防具は、冒険者が憧れる超高級品。鍋掴みみたいな、親指とそれ以外の指だけが分かれた簡易版もあるけれど、そっちは安物だ。短剣を細かく扱うなら五本指の籠手《ガントレット》が必要な一方、それは高位の冒険者くらいしか入手できない。

僕は、まだ温かさが残る籠手《ガントレット》をなでる。

肘までを覆う堅牢な造りにかかわらず、羽のように軽かった。これなら動きに支障も出ない。

うっすらと輝いて見えるのは、素材そのものに魔力がこめられているからだろうか。質感は、目覚ましの角笛《ギャラルホルン》のような特別な品に近いと感じる。

「……ルゥ、これ……」

「お兄ちゃんが手に火傷したって聞いたから。守りたいって思ったら、自然と……」

部屋に集まった神様も、息を忘れている。

ソラーナが声を漏らした。

「これは、『創造』の力だ」

呆然となった女神様は、僕らを見て言い足す。

「魔力から、物質を産み出す。水や大地、生命を産み出すことさえ、可能な力だ。創世の時代、神々が原初の巨人ユミールから奪ったものだ。あの巨人の根幹をなしたスキルで、私は伝承でしか聞いたことがないが――ユミールから奪われた当時は、その心臓に宿っていた、と」

僕は、さっき丘陵に響いた雄叫びを思い出した。誰かが僕ら兄妹を見ていたような感覚も。

「……ルゥに、なんで、そんな力が」

心の底から震えが起きた。

脳裏に過るのは、神話の時代、原初の巨人ユミールがあげていた断末魔。あの時奪い取られた力が、なぜかルゥに宿ってる……？

「逆、だったのかもしれねぇ」

トールが唸った。

「敵は〈目覚まし〉のようなスキルを探していた、と俺達は思っていた。だが、連中の狙いが魔物の復活、特に親玉ユミールの復活にあるなら、奪われたスキルを取り返すってのは最重要の目的だろう。『創造の力』は魔物や巨人を産み出したほどの力だ」

スキルを喰らうことで、一部の魔物は力を高めるという。なら、『創造』なんて力を取り戻したら、どれほど力が増すか、考えるだけで恐ろしい。

ロキが引き取る。

「失った力を取り戻す、か。原初の巨人にとっては復活のための、最後のピースかもしれない」

トールは太い腕を組む。

「敵のレアスキル探しの本命は――おそらく、〈神子〉、つまり『創造』のほうだ。その過程で、リオン、お前の〈目覚まし〉を見つけたんだ。俺達の考えは、順番が逆だった」

足がぐらついて倒れそうになる。

どうして、どうして。頭にそんな言葉が次々と生まれていく中、ふとある人の顔が浮かんだ。心が滅茶苦茶にかき回される時、記憶の底で水中の澱《おり》のように沈んでいたものが、舞い上がってくるのかもしれない。

古道具屋さんだ。ふくよかな顔をして片目を閉じる、僕に金貨をくれたおじいさん。

なぜその顔が出てきたのかはわからない。

でも――。


――妹を大事にするのじゃよ。


言われた言葉が。与えられた金貨が。

胸で引っ掛かって仕方がない。

金貨に宿るソラーナも、ルゥも、全ては〈目覚まし〉から始まった。そしてアスガルド王国でスキルを下さる神様は、本来は、たった一人だけ。


――オーディンは無意味なことはしない。

かつて聞いたロキの呟きが、決意を固めさせた。

「ごめん、ちょっと外へ出てきます！」

僕は床を蹴り、部屋を飛び出した。早鐘の心臓が脚を逸らせる。

「リオン！」

ソラーナが、階段を駆け下りる僕を追ってきた。

「どこへ行くのだ……！」

「王都へ！　あの、僕らが出会った、裏路地へ！」

理由を問いただそう。あの神様は、おそらく全てを知っている。


はっ、はっ、と息が切れる。

馬車も使わずに、僕は体力に任せて王都へ走った。冒険者の登録票で城門を抜け、入り組んだ裏路地に入る。懐かしい生家の方角へ引き寄せられるのをこらえて、僕はさらに駆けた。

ソラーナはすでに金貨の中へ入っている。案内するように、二羽の鴉が頭上で鳴いた。

やがて夕日が注ぐ路地で、僕はその人を発見する。

「来たのかね」

古道具屋さんが微笑んで、片目をつむった。

前を飛んでいた二頭の鴉が、その人の両肩に止まる。黒い鳥はしばらくこちらを見つめていたけど、やがて翼を広げ、赤い空へ戻っていった。

冷たい風が僕らの間を抜けていく。季節が春に移ろったというのに、この路地は冷えていて、差し込む夕日は古道具屋さんの足元から長い影を這わせていた。

ああ、やっぱりだ。この人は、『来たのか』と言った。来ることがわかっていたんだ。

「あなたは――」

言いさして、息を整える。

強い、強い、胸から鼓動を感じる。この人を前にした圧迫感で走ってきた以上に胸が苦しい。

それでも、正しいはずだ。胸にあった違和感のまま、僕は問う。

「オーディン、なの？」

古道具屋さんは静かに目を閉じる。再び開けた時には、柔らかな笑顔は消えうせていた。特に変わったのが、目だ。星明かりのような、揺らぎない、冷たい光が瞳にある。

「いかにも」

声が路地裏に渡った。古道具屋さんは――オーディンは口元だけで笑う。

「気づいた理由を問おうか？」

「あなたは、狼骨スコルや、炎骨スルトを倒した時、どちらも僕の前に現れていました。一度は偶然だけど、二回もあれば、さすがに……」

それに、と僕は息を継いだ。

「もし、出会いが偶然じゃなかったら。最初に、僕に金貨を授けてくれたのだって、きっと意味があったはず。だから、あなたが普通の人じゃないって、疑いました」

後は答え合わせをするだけだった。もしこの人が僕の推測通り、人間ではなく神様で。金貨を与えた僕の行動を観察していたというなら。

この路地へ駆けていく僕から、きっとあるメッセージを感じたと思う。ここは、僕があの冬の日に金貨を渡された場所なのだから。

移動は『あなたと話したい』という意思表示だ。賭けの面もあったけれど、この人はそこに乗ってくれた。

「金貨で戦う力をくれて、スコルを倒した後も、ルゥのことについてあなたは言いました。そんなことを采配しているとしたら……神様かもしれなくて。そして、封印されていない神様は、僕が知る限りあなただけです」

オーディンは少しだけ目を細めた。僕は遅れて、それが微笑だったのだと気づく。

優しく笑みに溢れた古道具屋さんは、完全に擬態だったんだ。

「妹を大事にしてくれたようだな。私の言ったとおりに」

古道具屋さんは夕焼けに染まった空を見上げる。

「そして、君の大切な役割を果たしてくれた。神々が太古に奪い、そして地上に置き忘れた力を、目覚めさせてくれた」

ルゥに宿った『創造』という力だろう。

『この老人が、まさか――』

ソラーナが息をのんでいる。

オーディンの体が光に包まれると、そこにはもう古道具屋さんはいなかった。灰色のローブをまとった、杖をついた老人がいる。波打つ銀髪がフードからこぼれていた。白く長い髭をなで、オーディンは低い声音で告げる。

「君のスキルの意味にも、もう気づいているだろう」

僕は顎を引いた。

スキルはオーディンが――アスガルド王国ではオーディスとされているけれど――この神様が授けると言われている。ソラーナや他の神様が、僕に力を授けたのと同じようなことを、この神様はずっと多くの人に対して行っているんだ。

もちろん、僕に対しても。ルゥに対しても。

「〈目覚まし〉で本当に起こしたかったのは……ソラーナでもなく、他の神様でもなく」

オーディンは笑みを打ち消した。

「ルイシアだ。君の妹に宿ったあるものを、『封印解除』してほしかったのだよ。神々や迷宮だけではなくね」

落ち着こう。この神様だけじゃなくて、敵である奴隷商人さえルゥのことを求めている。

「……話して、もらえますね？」

ふむ、とオーディンが髭をなでた。

「少し昔語りをしようか」

神様の起こし屋

Gjallarhorn
awakening the Gods

裏路地はしんと静まり返っていた。まるで時間が止まってしまったかのように、外の雑踏も、家々の物音も、何も聞こえてこない。

オーディンは魔法の力で、この場所を他から切り離してしまったのかもしれなかった。僕らを囲うように、なにか透明な壁があるような気がする。

「奴隷商人の暗躍も、君の父親の死も、全て同じ存在が原因となっている」

神様は厳かに告げた。

「原初の巨人、ユミール。君達が血の夕焼けと呼ぶ荒野で、今もこの巨人は眠っている。奴隷商人はユミールに従っているに過ぎない」

「……知っていたんですね」

ロキの調査は、確かだったようだ。神様は顎の髭をなでると、杖をついて言う。

「この世界ができる前のこと。創世の時代とでもいおうか――」

よく見ると、それは先端に覆いをはめた槍だった。槍を杖として、オーディンは語る。

「創世の時代、私は原初の巨人ユミールから、『創造の力』を奪った」

神様から見せてもらった、創世の光景を思い出す。そこでは、冷たい魔力と熱い魔力がぶつかりあって、最初の光が生まれていた。

「魔力から物質を産み出す『創造の力』は、まず最初に心臓を創り出し、そして肉体を創っていった。ユミールがこの力を取り戻そうとするのは、『創造』こそが、原初の巨人の核となっていたからだ。あ奴にとっては、心臓を奪われたに等しい」

そして、とオーディンは言葉を継ぐ。

「我々は、魔物に襲われた。彼らにとっては、奪われたものを取り返す復讐ということだ」

終末の情景では、多くの魔物が世界に満ちていた。固唾《かたず》をのんでから、僕は言い返す。

「でも、神様は悪くないんでしょ？　だって、その巨人は――ユミールは、創造したものを好きに壊したり、食べたりしたんだから」

創られて、命をもらった以上、生きたいと思うのは当たり前だと思う。オーディンは首を振った。

「私も、創世でユミールを倒したことを後悔はしておらん。後になって、魔物と共に力を取り戻したことこそ、誤算だった。しかし、正しいか、正しくないかは、君が決めるといい」

オーディンは僕を見据える。

「それが英雄というものだ」

全体メッセージで流れた『英雄』という言葉が、僕の頭を過った。

金貨が震え、ソラーナが飛び出してくる。

「オーディンよ」

金色の瞳をきらめかせて、ソラーナはオーディンへ問うた。

「『創造の力』は、この世界を創るに至った、類のない能力だ。それがなぜ、ルイシアに宿っている？」

「君と同じだ」

オーディンはソラーナに向かって話す。きらめく帯が揺らいだ。

「私と……？」

「ああ。君が金貨に入り長い時から守られていたように、『創造の力』もまた守られる必要があった」

どういう、ことだろうか。

頭を整理する。大昔、それこそ、この世界ができる前というほどの大昔、『創造の力』はユミールが持っていた。あの巨人の心臓とも言える、力の核となるものだったという。

けれど、神様はそれを奪った。

「終末って、つまり、『創造の力』の奪い合い……」

「あるいは、古代から続く復讐の一つだ。しかし、私はそれを凍結させた」

オーディンが杖をつくと、冷たい風が巻き起こる。僕は吹き飛ばされそうになって腰を落とした。

ソラーナが前に出て、僕をかばってくれる。

「それが、封印だろう」

「うむ。魔力を宿す存在は、氷に閉ざされて眠りにつく。私は千年の時間を稼いだ」

僕ははっと顔をあげた。オーディンは、時間を稼いだという言い方をした。それは、稼いだ後に何か目的がないとしない言い方だと思う。

「……アスガルド王国も、オーディスの名で行った教えも、人間達が封印を少しでも長持ちさせるために用意したものだ。封印はじきにほころぶ。迷宮で少しずつ目覚めていく魔物は、誰かが討伐せねばならぬ。私の意に沿うよう、迷宮を管理する者も必要だ」

それがオーディス様の名前で神話を授けた意味と、王族や鴉の戦士団がいる理由。冒険者達は神話を信じて、魔物を狩るために迷宮へ入っていたのだから。

一度に魔物を相手にすれば、神様も人間も負けかけた。

だけど千年に渡って、少しずつ魔物が放たれていたら、人間だけでも現状維持はできる。

「魔物の数と力が十分に弱まるまで、封印が維持できればよい。そうでなくとも……別の手を準備する時間はできた」

言いさすオーディンは、目を細めて自分の左手を見る。それは骨ばって、皺の多い、老人の手だ。

「しかし、これは私の力を削いだ。封印を破られぬよう維持することで、私は、もう一つの力を失わざるをえなかった」

僕は息をのむ。

「それが『創造の力』だ」

オーディンは胸に左手を当てた。

「これは、もともとは魔物が持っていた力。今の君達にとっては、スキルでもあるが。創造という力は、神々の支配を離れて、元の体――ユミールに戻ろうとする」

『創造の力』が目覚めた時、ルゥ、苦しげに呻いていた。ひどく悪い予感がする。

「持ち主から解き放たれようとするのだ。封印の維持で力を削がれた私に、抑えるだけの力はない。ゆえに、魔物と同じよう地上で封印し、隠した」

言葉が出たのは、話を少しでも止めたかったからかもしれない。

「……何千年も前の話なんでしょ？　ルゥは、何も関係がないよ」

「そうではない。私が隠した場所は、人間の中なのだ」

「人間……？」

「スキルはあくまで力であり、意思がある者でなければ、持つことはできない」

オーディンは僕を見据える。

「君は、精霊に好かれ、神々の加護を同時にいくつも受けている。そうした、魔力を宿しやすい血筋が、封印の直後にもいたのだ」

ロキから、僕は魔力を宿しやすい体質と言われた。そしてルゥは、最初からソラーナが見えていた。

「その一族の一人に、私はスキルを預け、封じた。強く、強くのう。再び必要になる時には、鍵となる力がいる」

オーディンの瞳は、僕を捉え続けて放さない。まるで逃がすまいとするかのようだ。

「だが封印の維持に捧げたこの身では、相反する『封印解除』は行使できぬ。ゆえに、妹と近しい君に〈目覚まし〉を与え、やがてスキルが『封印解除』へ至るのを見守った」

わかるか、とオーディンは問う。

「ルイシアと君は、宝箱と、鍵の関係なのだ」

わからない。わかりたくないよ。

呆然となる。今までずっと僕らを助けてくれると思っていた神様が、まるで僕達を道具としてしか見ていなかったようで。

「親から子へ、封じられたスキルは受け継がれていった」

主神は滔々と語った。言葉が重く胸を押しつぶしてくる。

「父ルトガーが強かったのは、冒険者としての成長途上、常にこの力が魔力を与えたため。ルイシアが病に苦しんだのは、体に封じられた『創造の力』が暴れ出したためだ。おそらく近くにまかれた巨人の遺灰に、ユミールの力が反応したのだろう」

血の気が引いた。『創造の力』が、ルゥが苦しんでいた原因だったってこと？

ついさっきもルゥは体調を崩していたばかりだ。

「じゃ、じゃあ今は……」

「安心したまえ。『創造の力』と共に、目覚めたものがあるはずだ」

妹のスキルか。確か――〈神子〉という名前。

「スキル〈神子〉は、『創造の力』と一体。共に、目覚めを待っていた」

主神は言葉を切る。

「スキル〈神子〉とは、目覚めた『創造の力』に耐えるためのもの。今のルイシアは、かつての神と同様『創造』を使えていただろう？　今の妹は、スキル〈神子〉を通して、能力として『創造』を行える。もはや苦しむこともない」

オーディンはむしろ微笑んでいた。

「ありがとう、リオン」

古道具屋さんとは似ても似つかない微笑。心が熱くなる。

「あなたは……！」

オーディンは手を差し出した。

「我々は間に合った。終末を避けるために、英雄の君に計画があるのだ」


僕の視界を白い光が包み込んだ。あまりにも眩しくて、僕は女神様へ手を伸ばす。

「ソラーナ！」

だけど手は空を切る。

僕は光に包まれた空間で、オーディンと向かい合って立っていた。さっきまでの路地裏は跡形もなく消えている。神様が以前、創世の光景を見せてくれたように、僕に夢を見せているのだろうか。

頬を叩いて、ぐっとオーディンを睨む。

この神様が『創造の力』をルゥに宿したことも、僕らのことをモノのように呼んだことも、何か理由があるのかもしれない。それは最後には納得がつくことなのかもしれないけど――ルゥを苦しめたこの人を今までと同じようには見れなかった。

冒険者の感覚が、油断するな、って叫んでいる。

「見るがいい」

オーディンが、空間の一点を指さした。そこには窓みたいにぽっかりと穴が開いている。

その先にいる人に、僕は息をのんだ。

「父さん……！」

間違いない。父さんは仲間と一緒にどこかの迷宮を走っている。手には、きらめく角笛。

オーディンは言った。

「これは過去の情景だ」

目覚ましの角笛《ギャラルホルン》を手に入れた時の、父さん最後の冒険かもしれない。オーディンが僕に過去そのものを見せている、としたらだけど。

――走れ！

――俺が時間を稼ぐ！

父さんは仲間に角笛を託し、先に逃がす。負傷者を背負い駆けていく二頭鴉のマントは、鴉の戦士団だ。父さんだけ踏みとどまって、殿《しんがり》になるつもりなんだ。

「だめ……！」

父さんが死んでから起きた、ありとあらゆる悪いことが記憶に甦る。

死んでほしくない。『いってきます』の後に『ただいま』って帰ってくる、あの時がまだ続いてほしい。

「行かないで……！」

父さんが睨んだ、曲がり角。そこに巨体の男が現れた。

身長は二メートルを遥かに超える。金髪が逆巻く炎のようになびいていた。体には荒布をまとい、岩山から削り出したような、彫り深く荒々しい顔立ちをしている。

体は、炎骨スルトよりだいぶ小さい。

でも巨人という言葉が閃いた。頭の奥深く、誰も知らない場所から、『巨人』という言葉が飛び出してきたみたいだった。

太い首や腕。踏みしめる足は、一歩ごとに迷宮を揺るがす。生き物としての強靭さが、人間とは段違いだった。

父さんの体を光が包み込む。身体能力を高める〈覚醒〉が、父さんのスキルだ。

巨体の男は、階段の上から父さんを見下ろす。口元が笑みの形に引きつっていた。

「腹が減ったな」

声だけで迷宮が震えた。

父さんは戦う。剣を構えて、果敢に、果断に。でも最後には、父さんの体は巨体の拳に打ち抜かれた。倒れた父さんの体から、淡い光が浮き上がる。輝きは巨体の口に吸い込まれた。

男はうまそうに口を閉じ、父さんから出た光を——おそらくはスキルを咀嚼《そしゃく》する。強大な魔物は、神様の力を食べてしまうと言うけれど、スキルもこうして喰らってしまうのだろうか。

「ああ……」

わかってはいた。父さんが死んだのは二年も前。自分ではそれを受け入れていたと思っていた。でも、改めて見せられると――それは絶望の光景だった。レベル50の冒険者でも一蹴してしまう魔物が、どれだけ恐ろしいかわからない。

オーディンの声が響く。

「あれが原初の巨人、ユミールだ。神話時代に比べ姿を小さく変じているが、気配は紛れもない」

巨人は、白い息を吐く。いつの間にか体に霜がついていた。

「……時間か」

ユミールは唸る。自分の胸をまさぐりながら。

「俺の心臓を、喰らい直さねば……」

過去の光景は、そこで終わる。右頬が冷たくて、僕は涙を流していたことに気が付いた。顔を拭って、オーディンを強く見据えた。

「……なんのつもり？」

「君に、私の考えを理解してもらおうと思っている」

白い空間で、僕の周りに次々と穴が開いた。そこには過去の情景がいくつも展開されていく。

ルゥの発病。借金。ギデオン。そして東ダンジョンの異変。

「敵は強大だ。ユミールだけではない。すでに千年引き延ばした決着も、ユミールが目覚め始めたとおり、各所でほころびが生まれている。スコルやスルトのような魔物もいるだろう」

灰色の目は、どこまでも冷たかった。

「原初の巨人、つまり魔物どもの長が目覚めようとしている。あの雄叫びは、世界中の魔物に『目覚めよ』という指示を送ったのだ。やがて、王都で起きたような軍勢の来襲が、各所で起こるぞ」

声が、出ない。

「対して、人間はどうだ」

灰の目が問うてくる。

「貴族。奴隷商人。人間でありながら、結果として魔物に手を貸した者もいただろう」

「それ、は……」

「魔物には、勝てぬ」

オーディンは僕に向かって告げた。それは主神と呼ばれ、この国でオーディス様と敬われ続けたお方の言葉とは思えなくて。

「勝てます。勝たなくちゃ……!」

「必ず裏切り者が出る。神話時代の光景を見ただろう。ゴブリンやスケルトンは、最初にああした魔物がいたわけではない。アンデッドや魔物になることで、敵に降った味方がいたのだよ。人間だけでなく、小人や、神々にさえ」

僕は声を出すことができなかった。本当は、反論したい。違うって叫びたい。

今までも魔物に勝ってきた。だけど、僕は心の叫びを、本当の声にすることはできなかった。

「私の計画は、一つ」

オーディンは杖を地面につく。

「ルイシアの中で『創造』が目覚めたことで、最後の条件が整った」

僕の身はさらに冷えて、固くなる。まるで石になったみたいだ。見下ろしてくる目から、逃げられない。

「終末のやり直しが起こるなら、『創造の力』を用い、創世もまたやり直す」

意味を掴めなくて、なんとか僕は問い返す。

「創世？」

「この世界は魔物にくれてやればいい。残る神々と、私が見込んだ英雄だけで、もう一度創世を――世界の創造をやり直す」

沈黙が怖い。必死に言葉を繋いだ。

「で、でも……『創造の力』は、あなたにも使えないはずじゃ」

「それは封印で世界を覆ったためだ。ゆえに、この世界を覆う封印を、解く。魔物は溢れるだろうが、神々と英雄だけは別の世界でやり直す。数千年はかかるゆえ、人間は少し眠ってもらうことになるが」

だんだんと、どういうことか伝わってくる。悪寒に耐えながら僕は尋ねた。

「この世界を、見捨てる……？」

「創られた世界の、一つ目にすぎない。他にもう一つ生み出して、なんの不都合がある」

愕然って、こういう時のために使うのだろう。

神様は――人間を、同じようには見ていない。

「君とルイシアや、各地で武功を立てた英雄だけは連れていくつもりだ」

全体メッセージで、僕らは英雄と呼びかけられた。魔物と戦うため、武功を挙げろって。

でも、それって、オーディンにとっては別の意味だ。

「選別だ。次の世界へゆく人間のな。君に〈目覚まし〉と共に太陽の娘を授けたのは、君もまたその選別に加わる価値があると思ったからだ」

実際、『終末』という言葉が出てから、各地でも名をあげた冒険者が出ていた。僕らと、同じに。

「新しい世界には、魔物はいない。代わりに終末を生き延びた神々と、力ある人間だけがいる。優れた苗からは優れた作物が育つだろう。新しい世界は、きっとここよりもずっとよい」

僕は震える声で問うた。

「こっちの世界は、どうなるの……？」

「滅びるに任せてもよいし、いずれ新たな世界から討伐の戦士を差し向けてもよいな。後者は、何千年という後になろうが」

巨大な鎚で頭を殴られたみたいだ。考えが次々に生まれてくるけど、言葉にならずにほどけていく。

「計画は、封印をなした時からずっと持っていた。いよいよ実行に移したのは、ユミールらが目覚めを始めてからだが」

僕は言いつのってしまう。

「でも……！　そんなことしないで、みんなで、協力して立ち向かっていたら……！」

「魔物の脅威を、たとえば世界中に伝えるか？　敵に寝返る者が増えるだけだっただろう」

言葉に詰まった。奴隷商人——そんな存在に協力する、力に魅せられた有力者を、僕はすでに目にしていたから。オーディンは人間になんて期待していなかったんだ。

「魔物との戦争を明かし、地上を混乱に落とすよりも、かりそめの安定を選んだ。『英雄』と呼べるほどの、次の世界へ行くに足るものは、その時間でも十分にその輝きを見せるだろう」

頭が空っぽになったみたいだ。口も、指も、動かせない。

「考えてみたまえ」

オーディンの声が、がらんとした心に響く。

「この世界で生きて、君は何を得た？」

「——え？」

「父の死、妹の病。失ってばかりではないか？」

光に包まれていた空間が、じわじわと暗くなり始めた。太陽が沈んで夜がやってきたみたい。

暗闇に僕とオーディンだけがいて、恐怖のせいか、緊張のせいか、頭がぼうっとしてくる。

胸に過るのは記憶ばかり。暗い思い出が、心にあった大切な何かを塗りつぶしていく。

「正しい世界があるとするなら、それはここではない」

オーディンは宣告した。

「魔物がいない世界で、君は残された家族と、誰も欠けずに団らんを続けることができる」

視界が滲んだ。父さんがいた時のことを、また思い出してしまったんだ。

「ユミールの声を聞いただろう。結束さえ覚束ない我々が、勝てるか？」

「……それ、は」

もう目を閉じてしまいたい。暗がりの中、温かい泥のような眠りに落ちて、何も考えないでいたい。

どうして僕ら家族に、こんなことばかりが起こるんだ。足が崩れる。うずくまって、体を丸めて、
僕はすがるような気持ちになった。

「妹をここへ連れてきたまえ。そして、創世を始める」

――リオン！

頭の奥に、女神様の声が聞こえた。僕は短剣を抜いて、主神に向ける。

まだソラーナの姿は見えないけど、気配は感じ取ることができた。空から見守ってくれている太陽
みたいに。

今は独りだけど、きっと誰かが見守ってくれている。

「それでも、戦います」

身に着けたポーチ。そこには、父さんから受け継いだ角笛が入っている。

「……確かに、怖いです。勝てるかどうかも、わからない」

オーディンを見つめる。灰色の瞳は僕を見返した。

「でも、ここで戦うのをやめたら、僕は受け継いだものを手放してしまう」

「角笛のことかね？」

「それだけじゃない、です。ここで退いたら、父さんは……本当に死んでしまうのだと思います」

父さんだけじゃなくて、ミアさんや、フェリクスさん、それにソラーナ達神様の意志だって、この
問いには関わっていると思う。千年前の歴史なんて僕にはわからない。妹と、家族と――大事な人と

暮らしたいだけなんだから。

だからこそ、意志を捨てられない。

戦う気持ちも、大事な人から受け継いだものだから。

「戦います」

僕は繰り返した。

「あなたの企みはわかりました。でも今は、僕らを信じて、あなたも託してください」

オーディンは沈黙していた。

突きつけた短剣は、決して揺らがせない。優しく、強く、そんな誓いを思った瞬間、胸に太陽の光が生まれ、閃光が暗闇を切り裂いていく。

気づくと僕は、路地裏で両手を女神様に握られて立っていた。

「……ソラーナ」

女神様は頷く。

「オーディンよ。お前がリオンに見せたものは、わたしも見させてもらった」

言葉は凛と澄んで、オーディンを打ちすえたみたいだった。金色の瞳と、灰色の瞳が見つめ合う。

「一度はお前もまた、継承し、成長する人間に賭けたのではないか？」

「……封印で魔物は十分に弱まらず、予想より早く復活も起こった」

「ならば、最後まで託せ」

女神様は声を張った。

「千年、あなたは封印を維持した。その労苦は想像もできないが……」

女神様はいたわるように、少しの間だけ瞼を閉じる。でも再び開かれた目は、烈しかった。

「人間は、あなたが思うよりも、ずっと強い」

ソラーナが右手を振ると、路地を塞いでいた透明な壁が砕け散った。

「リオン、戻ろう」

オーディンと出会ったことは、収穫もあったけれど、残念なこともある。この神様は、僕らの味方であったわけじゃない。

「オーディン、一つ、約束してほしい」

僕は言った。去る前に、この神様と取引しなければいけない。

「ルゥの力だ。ユミールを倒すことができたら、妹から『創造の力』を解放して取り去って欲しい」

「……仮に戦うとあっても、助力はできぬぞ」

主神は杖をついて、目を伏せた。その時だけはこの神様が、本当にただの——おじいさんに見えた。

「封印が完全に消えることを防ぐために、私は封印の維持に注力しなければならぬ。こうして地上に来ることも、もはやユミールがいる限りは不可能だ」

鴉が一鳴きし、羽音が聞こえる。

「戦う力を持つ神は、今、地上で君といる者らのみ」

「それでも、目覚めたというなら、倒しにいきます」

そうじゃないと、ルゥが救われないもの。一生、狙われるなんて。

こんな大きな物事に巻き込まれていい子じゃない。

「——承知しよう」

「約束、ですよ」

僕らは、オーディンに背中を向ける。強い声が呼び止めてきた。

「待て」

振り返ると、オーディンは目を細めていた。髭でわかりにくいし、おまけに一瞬だったけれど、口元にあったのは微笑みだったと思う。

「……ユミールがいた場所は、確かに血の夕焼けと君らが呼んでいた場所。そして、そこには——」

主神は僕のポーチを見やる。中にある角笛が震えた気がした。

「角笛の持ち主にして、〈目覚まし〉の力を宿した神、ヘイムダルがまだ眠っている。気配も弱く、どれほどの力を残しているかは知れぬが、可能性があるとすれば、それが唯一の希望だろう」

問い返そうと思った時には、鴉の羽を残してオーディンは消えていた。


去っていくリオンとソラーナを上空から見下ろし、オーディンは目を閉じた。

少年と少女の姿は、まだ世界がこれほど複雑ではなく、単純であった頃を思い出させる。

創世で神は人間を創造し、終末では人間を率いた。神は人間の上に立ち、指示し、時に捨てる。

支配と被支配の関係は神々の間にもあり、オーディンは『封印』の計画も、創造という力を地上に封じる計画も、事前に他の誰にも明かさなかった。逃げ場があれば死力を絞って戦わないだろう――そんな思惑もあったが、主神は誰も信用していない。

計画を漏らすことで、逆用されることを常に警戒していたのだ。

だが、走り去るリオンとソラーナは、互いに信じあい、力を高めあっているように思う。

かつて神々同士の関係も、人間と神々の関係も、同じように単純だった。てらいなく『信じろ』などと言われたのは、いつぶりのことだろうか。

「角笛か」

オーディンが呟くのは、リオンが父親から受け継いだという角笛のことだった。

主神が描いた計画の中に、角笛が〈目覚まし〉の少年に渡るという要素はなかった。もし全てが主神の計画どおりに進んでいれば、原初の巨人ユミールや魔物の軍勢に、人間はなすすべがない。リオンも絶望し、オーディンの計画をのんだだろう。

しかし、リオンの父は、冒険の中で角笛を見つけていた。

オーディンでさえ所在がわからず、作戦に組み込まなかった目覚ましの角笛《ギャラルホルン》を見つけ出したのは、人間自身の冒険心。そして、それを息子に受け継ぐ継承だ。

主神がヘイムダルの生存に気づいたのも、リオンが見事に角笛を吹き鳴らしたためである。彼方で眠りについていた角笛の持ち主が、王都で角笛が吹き鳴らされた瞬間だけ、天界からもわかるほどの魔力を発していた。

閉じた瞼に浮かぶのは、千年前の光景。信徒の一人であった女性に『創造の力』を預けた時、オーディンは問われたものだった。

――主神よ、なぜ私に？

オーディンは応えた。

――君が魔力を宿しやすく、そして人間であるからだ。

神々の誰かが『創造の力』を持てば、反逆に利用される恐れもある。神々にはそれほどの力があった。だが人間では、創造できるものなど知れている。

人間は寿命が短く、子や孫に『創造の力』が宿ったまま受け継がれていくことも想定しなければならない。子があった場合はその子に受け継がれ、子がなかった場合は、同じ体質を持った一族の誰かに力を引き継がせるつもりだった。

――信じていただけたわけではないのですね。

――当然だ。君が今知った秘密を、子や孫に受け継ぐことは許さぬ。よいか。時の中で、忘れさせるのだ。

女性は頷いて、言ったものだった。

――お考えはわかりました。しかし、お願いがございます。

女性は主神の意図を確かめるように、繰り返した。

――今後数千年、魔物討伐を人間に託す。その間に、魔物が十分に弱まればよし。でなければ、この『創造の力』で、創世をやり直す。

その前に、と女性は告げた。

――その前に、人間をよく見ていてください。あなたが思う以上のことが、人間から見つかるかもしれないから。

オーディンは目を開ける。

ルイシアが『創造の力』を受け継いでいるとすれば、彼らはこの時の信徒の遠い子孫ということになる。主神は奇妙なものを感じた。千年もの時が先祖とリオン達を隔てているというのに、意志が継承されているような。

胸を張って英雄としての言葉を口にしたリオンは、まるで彼らから言葉を借りたかのようだった。裏路地から、すでにリオンとソラーナは去っている。

「今更ユミールと戦ったとて、倒すことは難しかろう。もう一度封印できるかどうか、といったところ」

オーディンは、今も、創世のやり直しが根本解決だと考えている。人間が結束せず、倒せないなら、こちらから逃げ出すしかない。

しかし、人間の冒険心と結束に、懸けたいという気持ちが生まれてきているのもまた事実だった。ユミールに抗う角笛は、人間が神々によらずに獲得した勝機《チャンス》である。だからこそ、オーディンはリオンに――角笛を引き受けた少年に、計画の採否を預けることにした。

「……こういうことか、私の信徒よ」

遠い昔に、もっとも近しい信徒と交わした会話を、オーディンは思い出す。神と人間、一対一の姿は、リオンとソラーナの姿に少しの間だけ重なった。

「では、私は私の備えをするとするか」

彼らにならって、できることを、な。

そう呟いて、オーディンは天界へと去った。


僕がオーディス神殿に駆け戻ると、大勢の人で門はごった返していた。馬を駆って外へ飛び出していく戦士団。反対に、神殿へと向かう人。

すでに陽は落ちていて、数えきれないほどの松明が神殿の周りで動いていた。

僕は人混みを潜り抜けて、敷地へ入る。混雑は城壁の内側でも同じだった。

ルゥやパウリーネさんがいるはずの大塔でも、たくさんの人が入れ替わりに出入りしていく。人垣をかき分け、階段を上るだけでも一苦労だった。

「失礼、入ります！」

ようやく王女様の執務室へ辿り着いて、僕はみんなに状況を知らせた。

オーディンと会えるかもしれないと思って、王都の路地へ戻ったこと。そして、オーディンが考えていた策略と、僕らで目覚めつつある魔物を破らなければならないこと。

パウリーネさんは、大きな机で目をこぼれそうなほど見開いている。部屋には神様であるトール達

や、ルゥ、ミアさん、それにフェリクスさんもいた。子供のような姿も見える。助け出された小人

――サフィ達までもが部屋に来ていたんだ。

知る限りの、魔物との戦いに関わってきた人みんなが集まっている。

僕が長い報告を切り上げると、王女様は背もたれに身を預けた。

「そんなことが……」

こちらも長い長いため息。

「ご報告、ありがとうございます。突然飛び出したことには、そうした閃きがあったのですね」

ミアさんが嘆息し、赤髪をかいた。目尻が下がっていて、心配していたのだとわかる。

「ったく。気が気じゃなかったよ？」

「ごめんなさい」

急に出ていって、本当に申し訳なく思う。引き取ったのは、王女様だ。

「とはいえ、収穫はありました。お話によれば、主神による助力は期待できないということですね」

僕は顎を引く。金貨からソラーナが飛び出して、空中に浮かんだ。

「わたしも同意見だ。オーディンはすぐに姿を消してしまった。おそらく、地上を見下ろせる場所

――天界という場があるのだが、そこで封印の維持に注力するのだろう」

神様の話では、かつてオーディンが支配した、神様だけが行ける場所がある。

それが『天界』。

「今は、わたし達でさえ向かうことはできない。封印を安定させるため、天界に新たな神を入れるこ

とはできないのだろう」

封印の維持――オーディンの協力があるとすれば、それが唯一のものだろう。もちろん、魔物が氷から次々と抜け出てきたら、大変なことになってしまうから、とても大事なことではあるけれど。

「練っていた策を簡単に捨てるような神でもあるまい。おそらく、わたし達が諦めたり、敗れたりする可能性も見込み、地上の監視は続けるだろうが」

「……積極的な助力をする理由も、力もない、ということですね」

ソラーナの言葉に、王女様は肩を落とす。そしてゆっくりと首を振ってから僕を見つめた。

「リオンさん、神殿に帰った時、慌ただしいことに気づかれたと思いますが」

「――はい」

戦士団がこれほど動き回るのは、ただ事とは思えない。王都の中でも、馬を飛ばして駆ける二頭鴉のマント姿を目にしている。彼らの多くは、東西南北の迷宮へ向かっていた。

窓の外は陽が落ち、丘陵地帯は闇に沈んでいる。王都の方角、東ダンジョンがある城壁手前で、たくさんの松明が集まっていた。

僕は王女様に問いかける。

「迷宮で異変があったんですか？」

「ええ。東西南北のダンジョンで、また魔物が大勢出現しました。幸いにして鎮静に向かっていますが、初心者向けの東ダンジョンでもオークや竜種のように強大なものが、数多く出現しています」

ぞっとした。長いこと潜っていた東ダンジョンで、顔見知りの人が命を落としたかもしれない。

ソラーナが呟く。

「……まるで、東ダンジョンの異変だな」

原因は、思い当たる。ルゥからスキル、そして『創造の力』を封印解除した時、強大な魔物の咆哮が渡っていった。無関係ではないだろう。

神様が並ぶ壁際で、黒いローブ姿が手を挙げた。

「いいかな」

ロキは人差し指を立てて、注意を引くように振って見せる。

「さっき響いた吠え声は、ユミールのものだろう。方角からして王都の西――リオンの父君が命を落とされた、血の夕焼けがあったダンジョン跡からだと推測される」

そして、とロキは言葉を継いだ。

「そこにいたユミールが、今までよりもさらに、覚醒に近づいている。かつて、炎の巨人達に遺灰に変わるよう命令をしたようだが、今回の命令はよりシンプルだ――『力の限り暴れ回れ』」

ユミールは、何年も前から少しずつ覚醒に近づいていた。ロキの調査によれば、だけど。

魔神様は僕を見やる。

「おそらく、ルイシアでスキルが目覚めたのも無関係ではない」

僕が封印解除する前、妹は胸を押さえていた。ロキがタレ目を細める。

「『創造の力』は、ユミールにとって、存在の核になっていた力だ。あれがあったからこそ、ユミールは強大な魔物に成長したし、かつての力を取り戻すにはどうしても必要なものなのだろう」

「……オーディンも同じことを言っていました」

「ユミールは、『巨人の遺灰』を得たことと、長年で封印が弱まったことで、目覚めかけている。完全復活への最後のピースが、その『創造の力』なのだ」

言葉を切ったロキは、問いかけるようにルゥを見る。妹ははっきりと頷いた。

「平気です、神様。おっしゃってください」

「……ユミールの目覚めと、ルイシアに宿る力は、関係しあっている。ユミールがさらに封印からの目覚めに近づいたから、ルイシアのほうも目覚めようとしたのだろう」

いやな予感がして、僕は自分の両手を見下ろした。

「僕が、『創造の力』の封印を解いたこと、ユミールも気づいてる?」

「おそらくね。だが、これは利用もできるぞ? 向こうがこちらの状態に気づくなら、逆もまた――」

ミアさんが手を挙げて、口を挟んだ。

「なぁ、いいかい? 魔物ってのは、封印されていたはずだろ? ユミールの一声で氷の外に出てきたってことは、もう封印はなくなっちまったのかい?」

パウリーネさんが机で首を振っていた。宝珠の載ったロッドに目を向ける。

「王族のスキルで、迷宮の封印は感得しています。失われたとは思えません」

「じゃあ……」

ロキが両腕を広げ、ミアさんを遮った。

「そこが、原初の巨人が魔物の支配者たる理由さ。ユミールは命令を送っているだけで、魔力を送っているわけじゃない。命じはするけど、手伝うわけじゃないってこと。封印の氷を破れた魔物は、かなり無理をしているはずだ。地上に飛び出したものがいても――余命は数日、どころか数時間かな」

ぞっとした。

「無理やり、死力を絞らせてるってことか……」

地上に出てきた魔物は、コカトリスなどの王都では中位以上の強さを持つ魔物ばかりらしい。命を差し出しても強力な魔物だけしか封印を抜けられない、ということか。

「ただし！　警備の戦士団には悪いが、実際に『巨人の遺灰』がまかれた場所もあるかもね。遺灰は粉状になった魔石だから、辺りに魔力を供給し、封印を破るのに助力をしてくれる」

ロキが話すのをやめると、静かになった。ぽつり、と魔神様は付け足す。

「だけど、仮に千年前、封印したばかりなら、遺灰も雄叫びも、これほどの効果はなかったはずだ。長い長い封印で、やはり魔物を封じる力が少しずつ削れているのだね……」

パウリーネさんが大きな机から立ち上がった。

「気がかりなのは、血の夕焼けの遺跡もです。二年前の事件以降、戦士団や近隣の騎士に、誰も近づかぬよう守らせています。あそこに『巨人の遺灰』を再度まかれたら、事件の再現ですから」

僕は、オーディンに見せられたユミールの姿を思い出した。

「でも、今は……」

原初の巨人が目覚めている。雄叫びに呼応して王都でも強い魔物が出てきているなら、その本拠地である遺跡で、同じことが起きているはずだ。

奴隷商人だって黙ってない。ユミールが戦う時、彼らは遺灰をまいて、周りの魔物を復活させようとするだろう。

ユミール自身の叫びと、『巨人の遺灰』。倒しに行く時、敵は二つの方法で数を増やせる。

「あんなに、強い魔物が……軍勢と一緒に――」

僕は、震える腕を握って押さえつけた。隣に浮かぶソラーナと視線が合う。

「リオン……私も、共にあるぞ」

呼びかけられる声が、太陽のように暖かく背中を押してくれたみたいで。

僕はお腹に力を込め、心に決めてきたことを、声にした。

「みんな、手は二つある。一つは、オーディンの策略にのってしまうこと。英雄と呼ばれる――主神に認められた冒険者は、次の世界に行けるみたいです」

僕は手を振って、気持ちが伝わるように告げた。

「二つ目は、決戦です。目覚めかけた原初の巨人を倒すか、少なくとも、もう一度封印する！」

ポーチから角笛を取り出す。

「僕は、二つ目を取りたい。希望は――この角笛です」

落ち着いて、焦ったり、気持ちだけで先走ったりはせずに。誰かの力に頼る時は、僕自身だって、力と知恵を絞らないといけない。それは、この冒険で学んだことだった。

「これはオーディンから聞いた話で、信じる価値はあると思います。角笛の神様ヘイムダルもまた、生きて同じ遺跡に封じられている。もし〈目覚まし〉できれば、状況が変わったりしませんか？」

ロキが顎をなでた。

「……なるほど？　その角笛は、本来は世界中の神々に効果が及ぶ」

胸を過ったのは、空に虹がかかって、神様が次々に目覚めていった王都の情景だ。

「あの時の、王都みたいに？」

「うん。だが……おそらく、生きているとしても、ヘイムダルがいるのは、原初の巨人ユミールのすぐ近くだろう。戦況を変えるほどの力が残っているといいが」

トールは組んだ腕を解いて、大きな両手をばしっと重ね合わせた。

「リオン、勇気はいい。勝機ってほど確かじゃないが、他に手がないならしょうがねぇ。だが、これは時間との戦いでもある。たとえばユミールが撤退して、時間稼ぎに出たらどうだ？　相手は二年以上の準備がある、ユミールには無理でも、奴隷商人には何か長期戦の用意があるかもしれない。『巨人の遺灰』をどこかに備蓄しておいてある、とかな」

迷宮での戦いが不利になったら、どこかへ姿を消してしまう。他の魔物を目覚めさせながら、世界中を逃げ回る——確かに、まずい展開だ。

敵が千年前にも勝ちかけていたなら、同じ状況を再現できるまで、逃げ続けることもありうる。

「それは——」

「お兄ちゃん」

ルゥが話し出していた。妹は呼吸を整えてから、はっきりと告げる。

「……私が行く」

僕はぽかんと口を開けてしまった。ルゥに飛び寄って肩を掴む。

「あ、危ないよ!?　ていうか、なんで……」

「危ないの、お兄ちゃんも同じでしょ？　それに、もし相手が私に宿った力を欲しがっていて、神様と取り合いしていたなら……」

空色の目で僕を見つめながら、ルゥは神官服の胸に手を当てた。

「私を、絶対に、欲しがると思う。神様に取られてしまう前に」

ロキがパチンと手を鳴らす。

「……妙手かもしれない」

「ロキまで！」

「考えてみてくれ。敵がすでに優位なこの状況で、確実に決戦に誘い出せる材料はこれしかない」

言葉に詰まった。確かに、決戦の場にルゥがいれば、逃げられる恐れは小さくなるだろう。

あの咆哮からは、強い思いを感じた。怒りと飢え、それがないまぜになった、渇望と呼べるほどの強い意志。

ロキはタレ目に、冷たい光を宿らせる。

「ユミールが最も警戒するのは、オーディンや、神々が、『創造の力』を何らかの手段で手の届かないどこかへ持ち去ってしまうこと。そして、実際にオーディンにはその案があった。ユミールが主神の思惑を知っているか、知っていないかはわからないが……現状で『創造の力』を得るチャンスを与えられたら、逃げない可能性は高い。次の機会の確証がないからね」

ソラーナが、金色の瞳でルゥを見つめ返した。

「ルイシア、危険はあるぞ？　場合によっては、迷宮の中に入ることもありうる」

「私にも、戦わせてください」

まっすぐ僕を見る妹の瞳は、揺るがなかった。

「逃げて隠れてるだけじゃ、だめだと思う」

僕を北ダンジョンに送り出してくれた時と同じ、ルゥの強さだった。

息をつき、妹の肩から手を放す。迷ったすえに、僕は困ったような笑顔を浮かべていたと思う。

「すごいよ、ルゥ」

「お兄ちゃんも、守ってくれるんでしょ？」

妹に笑みが閃いた。光が霧を払うみたいに心が晴れていく。僕も、本当の笑顔になれた。

「……ああ！　わかった、起こしに行こう」

僕はみんなへ振り返った。

「血の夕焼けの遺跡へ！」

ソラーナが微笑む。

「うむ。次の我々は、かつての君と同様、起こし屋だな」

「――神様の起こし屋、か」

窓から見える星空に、僕は西の荒野を思う。

世界を守りに決戦へ向かおう。そして必ず、生きて帰るんだ。

奴隷商人グンターは、開け放たれた窓に向かって腰かけていた。

黒のローブは外されて、壁にかけられている。

午前の陽光が洗うのは、秘められていた貴族風の装束と美貌だ。

金色の髪は流れ落ちるままにきらめいて、白い肌と相まって女性的な印象さえ与える。しかし鍛錬を感じさせる肩幅と、節くれだった指は武人のそれだ。黒布を巻かれた槍が、椅子の肘掛にたてかけられている。

グンターは顔を上げた。青い目が見つめるのは、窓の外。

丘に設けられた邸宅からは、かつて彼のものだった領地が一望できた。

ヴァリス領。

それが奴隷商人グンターの故郷であり、家を残すために出奔した場所だった。

太陽が、草原ばかり続く辺境の大地を照らしている。金銀を掘り尽くした鉱山と、魔石の産出が衰えだした迷宮のほかは、この畑に向かぬ草原しかない場所がグンターの故郷だった。

古びた城壁が緩やかに街と外部を隔てている。城門の近くで、きらり、きらり、と光が反射してグンターは目を細めた。

冒険者の武具による輝きである。

ヴァリス領は『巨人の遺灰』により、複数のダンジョンで難易度が増加。巧妙に遺灰の使用量を調整することで、グンターは領地の魔石収入を過去最高にまで高めた。

遺灰を授ける魔物どもが、色々と手はずを整えるグンターの破滅を望んでいないのが、遺灰から利益のみを引き出せている理由だろう。奴隷商人が『珍しいスキル』を探すにも、迷宮で強大な魔物を復活させていくにも、カネや不動産が必要だ。

元貴族のグンターと、人間に伝手が欲しい魔物。両者の利害は今も一致している。資産と奴隷商人の仲介役というわけだ。

扉が開く音がして、黒いローブの女が入室してきた。

「こちらにいましたか」

ヨルはぽってりとした唇をなめ、被ったフードを取る。黒髪が蛇のように縮れ落ちていた。

壁際に控えていた侍従が、二人に向かって一礼する。奴隷商人の一員として動くため、すでにグンターは嫡男《ちゃくなん》でなく出奔していたが、忠実な家臣もまだ残っていた。

家督を継いだ叔父は、領地を富ませる奴隷商人を黙認している。

グンターの口から笑みが漏れると、女が問うた。

「何か?」

「いや……」

元家臣らが、魔物に頭を下げるのが滑稽だっただけである。ヨルは腕を組んで微笑した。

「そろそろ、出発しましょう。ありったけの遺灰を持って――行くのよ」

女は笑みを深める。暗く濁った目元は、やはり魔物の表情だった。

「いざ、ユミール様がおわす、迷宮に」

グンターは首肯する。

「……待っていたよ」

ゆるゆると立ち上がり、侍従からローブを受け取った。ヨルが囁く。

「魔物が世界に満ちた暁《あかつき》には、強さが授けられるでしょう。もはや、何も失わずに済むほどの、ね」

女は笑いながら、窓にちらりと目を向ける。そして、男へさらに顔を近づけた。

「どう？　まだ家は恋しいかしら？」

殺気のある目つきで、グンターは女を睨む。

奴隷商人に出会う前、領地が困窮した時にグンターは親しい家族を失っていた。父も母も、妹も。

原因は病だったが、過労という面もあるだろう。立派な連中だったが、魔石も鉱物も枯れつつあった領地を回す腕も、運もなかった。

「ヨル」

「ええ、ええ。あなたの意志はわかっておりますとも……」

魔物の力が、迷宮から魔物を解き放つ力が、結果的に家族の形見を――領地を救った。それが、グンターが彼らの力に魅せられた理由だった。

「……報《むく》いてもらうよ」

グンターは黒いフードを被り、伏せた目をヨルへ向ける。

「ユミール様のお言葉が、このヨルめの頭にも届きましたわぁ。角笛の少年の妹こそ、『創造の力』の持ち主。〈目覚まし〉に加え、妹の存在からもしやと思っていましたが……大当たり」

女の体から、黒いもやがたちこめた。赤く、異様に長い舌が宙をなめる。

グンターは問うた。

「お前はどうする？　戦うのか？」

「くく、血の夕焼けの場所。あれほど広い場所であれば、私も元の体に戻れる。世界でとぐろをまけるほどの、元の世界蛇《ヨルムンガンド》に」

二人は連れ立って部屋を後にする。家臣達は一礼して見送った。

魔物の目的は、終末、つまり世界を魔物で包み込むこと。だが協力したグンターとその領地だけは、溢れ出す魔物の侵攻から外される予定だった。

「強くあれば――」

生き残れる。

グンターは続く言葉を、喉に留めて噛みしめた。馬を繋いだ場所へ向かいながら、ヨルは言う。

「戦士団が、血の夕焼けが起きた迷宮に、兵力を集めていますわぁ。もはや決戦は避けられない」

「倒せばいいのだろう？」

「ええ、ええ。彼らを倒した暁には、魔が支配する世の中になりますもの」

グンターは迷宮での少年を思い、わずかに目を閉じた。家を思う姿は、かつてのグンター自身にほんの少しだけ重なった。

黄昏の遺跡

Gjallarhorn awakening the Gods

神様達やパウリーネさんが予想したとおり、迷宮の封印が緩む事件は世界中で起こっていた。最北の雪原では、迷宮から狼の群れが現れ。南の湖からは、竜種が空に解き放たれ。西に連なる山々では、天を突くような巨人が数体迷宮を抜け出たらしい。

封印の緩みはやがて治まり、冒険者の英雄的な活躍で討ち取られた魔物もいる。

けれど、少なくない数の迷宮では、目覚めた魔物に対処をしきれず、周囲の街が大きな被害を受けた。迷宮を出た魔物が、西の荒野——血の夕焼けが起きた場所へ向かったという情報もある。

『巨人の遺灰』で封印を脱した魔物は、ユミールの目覚めを守る戦いに加勢するつもりだ。奴隷商人達は、もともと戦力強化を狙って、狼骨スコルや炎骨スルトを目覚めさせていたのだろう。

王都で起きていた魔物の大発生が、広く王国中で起きた形だった。

世界の滅び、終末という言葉もぐっと現実感を増す。

神様からの全体メッセージが降り注いだのは、そんな情報で王都が混乱していた時だった。

主神は最後の力で王国に、冒険者に、何をすべきか示してくれた。

終末の戦いが、始まりました。

迷宮から恐ろしい魔物が目覚めています。

しかし、地上にはすでに英雄と神々が現れています。


僕がオーディンと出会って三日後、そんなメッセージが空に響き渡った。


真実の終末、世界を炎で包むような戦いは、もうわずか先に迫っています。

冒険者達よ、戦いの場に集い、世界を守ってください。


オーディンなりの後押しだろう――神様達はそう言った。

僕も同じことを思う。

なぜなら、このメッセージで、鴉の戦士団が呼びかける決戦が、主神オーディスからの大義を引き受けた形になったから。

目標：原初の巨人、ユミールの討伐
迷宮：黄昏の遺跡

それが冒険者ギルドを通して、無数の冒険者に発行された依頼だった。『黄昏の遺跡』とは、血の夕焼けが起きた場所である、ダンジョン跡のこと。事件の後、この名前で呼ばれるようになっていた。鴉の戦士団は、いずれ起こる魔物との決戦に備え、着々と戦力を確保している。これに全体メッセージで奮い立った冒険者が加わった。

僕らは五日を準備に費やし、複数の軍勢に分かれてから、ユミールが眠る黄昏の遺跡を目指した。

『リオン』

ひゅう、という風音と共に、頭にソラーナの声が響いた。

僕は顔を上げて、立つ。目の前に広がる赤茶けた荒野を見渡した。すでに決戦の場所に辿り着いて、運命の朝を迎えている。

黄昏の遺跡は朝日を浴びて、荒野に長い影を伸ばしていた。僕らがいる本陣は、念のため遺跡を遠く見下ろす高台にある。

人間の軍勢が、すでに遺跡を取り囲むように布陣していた。

王都からやってきた騎士や、途中で合流した冒険者も含めて、軍勢の総数は六千人ほど。王都の騎士、鴉の戦士団、そして冒険者と三種類の戦力がいることになるのだけど、彼らの内の何割かが二年前に血の夕焼けを経験していた。

フェリクスさんに言わせれば、戦意自体は低くない。この辺りも、全体メッセージの恩恵だろう。王都から出発する前には、『鴉の戦士団』の長パウリーネさんと主だった貴族が演説を行い、同じ場所でトール達が登場していた。神様の存在が、戦士団の呼びかけを裏付けた面もあると思う。

「大丈夫、震えてもいないし、焦ってもいない」

僕は女神様にそう応えた。ポケットに手を伸ばして、金貨の感触を確かめる。

ルゥが創ってくれた籠手《ガントレット》越しに、しっかりとコインの熱さが伝わった。

僕は目を閉じて、自分の状態《ステータス》について念じる。戦いの前に、冒険の成果を確認しておきたいから。

リオン　14歳　男
レベル24
スキル　〈目覚まし〉
『起床』　……眠っている人をすっきりと目覚めさせる。
『封印解除』……いかなる眠りも解除する。
　　　［＋］　封印を鑑定可能。

スキル　〈太陽の加護〉
『白い炎』　……回復。太陽の加護は呪いも祓う。
『黄金の炎』　……時間限定で身体能力を向上。
『太陽の娘の剣』　……武器に太陽の娘を宿らせる。

スキル　〈雷神の加護〉
『雷神の鎚』　……強い電撃を放つ。
『ミョルニル』　……雷神から、伝説の戦鎚を借り受ける。

スキル　〈狩神の加護〉
『野生の心』　……索敵能力の向上。魔力消費により、魔力も探知。

スキル　〈薬神の加護〉
『ヴァルキュリアの匙』　……回復。魔力消費で範囲拡大。

スキル　〈魔神の加護〉
『二枚舌』　……二つの加護を組み合わせて使うことができる。

僕は出発前にも鍛錬をして、迷宮でさらに一つレベルを上げていた。やれることは全部やって、ここにいると思う。

目を開けて、冒険者達が布陣する赤茶けた大地を見下ろした。

「後はもう、戦うしかないよ」

応じる女神様の声も、張り詰めていた。

『いやな場所だ。遺跡からの気配が強すぎて、他の気配を探しづらい』

僕は頷いた。〈狩神の加護〉で探知するまでもなく、ここは危険な場所とわかる。

息をついて、作戦を整理してみた。

冒険者で包囲して、迷宮から出てくる魔物を倒しながら戦力を削る。そんな目論見だけど、敵の手が読めないことには変わりない。僕が神様と一緒に高台にいるのは、包囲された敵がどう動くのか、見極めるためでもある。

つと、手を引かれた。

「お兄ちゃん……」

ルゥが空色の目で、僕を心配そうに見上げていた。

いつもの神官装束なのだけど、足元はブーツになっていて、手には杖を持っている。服装は歩きやすくするため、そして杖にも足の負担を減らして疲れにくくする効果があった。

何より、杖は万が一の防御に使える。逆に何も持っていないと魔物に狙われやすい。

つまり――――ルゥも、実戦を意識しないといけない状況ということ。

「……ルゥを、まるで囮《おとり》にしているみたいだ」

ユミールを逃がさないため、そんな目的で、危険な目に遭わせてる。情けなくて、申し訳なくて、胸に針を刺されたような気持ちだ。

妹は首を振る。

「いいよ。私も……覚悟してる」

引きつった笑みがかえって痛々しい。

「それに、役目は囮だけじゃない。でしょ？」

「ああ。お願いね、ルゥ」

金貨が、強く震える。遠雷のような声はトールだ。

『決戦っていうのは、こういうもんだ。双方が勝算ありと思ってる。そして、全てを懸ける』

全て、か。

僕はポーチに手を伸ばして、目覚ましの角笛《ギャラルホルン》に触れた。懸けるといえば、この決戦は賭けばかりだ。

ルゥを連れていることもそうだし、迷宮で角笛の持ち主――――〈目覚まし〉の神様ヘイムダルと会えるかどうかも、賭けだ。僕のスキル、その大本になった神様に会えなければ、角笛の力は高まらない。

神様達の見立てでは、世界中の神様を封印から解いて、魔力を貸してもらえる可能性がある。王都では距離が近かったから、トール達は直接武器を振るってくれたけど、世界各地の迷宮に散った神様からはそうもいかない。

けれど、神話時代の神様みんなから、膨大な魔力を借り受けられれば――。

『ユミールもまた、長い封印と、目覚めのために、力を使っている。千年前は、倒せなかった。だが今なら、神々と人が力を合わせれば……』

女神様の言葉が途切れたのは、地面が微震を始めたからだった。遠くに見える黄昏の遺跡が揺れたようにも見える。本能的にルゥを抱き寄せて庇った。

やがて轟く雄叫びが、僕らに叩きつけられる。


鳴り響く雄叫びは、僕らを地面に縛りつけるみたいだ。僕はルゥを守ってじっと耐える。耳がすっかり塞いでしまい、音が鳴りやんだと思えた後も、ずっと耳鳴りが残っていた。

恐る恐る高台から周囲を確認する。青空にはまだ余韻が反響していた。地面は微震を続けているようにも思う。感覚がおかしくなったのか、それとも現実としてそうなのだろうか。

「……今の」

僕の震え声を、ルゥが引き取った。

「ユミール、だと思う」

僕らがいる本陣は、すっかり動揺させられているようだった。あちこちからざわめきが聞こえる。

ここから離れて迷宮を包囲する陣形も、少し乱れて見えた。

金貨からソラーナが話す。

『今の叫び、まさか』

僕は、はっと加護を起き上がらせた。〈狩神の加護〉、『野生の心』。魔物の魔力を探知すると——本陣の周囲にも、ぽつぽつと赤い光が見えた。しかも数はどんどん増えていく。

「魔物が……!?」

呼応するように、辺りから魔物の叫びが連鎖した。一気に陣内が騒がしくなる。

異変は遺跡の周囲でも起こっていた。あちこちで土煙があがり、その中から魔物が這い出てくる。遺跡を囲っていた冒険者達をさらに囲むように、魔物の軍勢が出現していた。

じゃらりと鎖の音。

「敵のおでましか」

ミアさんがやってくる。茶色の目は周りの天幕を眺めた後、険しく細められた。

右手には、鎖に結ばれた『緋の斧』。ミアさんの武器、鎖斧として調整された古代遺物は、刃をうっすらと赤く輝かせた。

戦士団も僕らの所へ集まってくる。

「決戦らしくなりましたね」

飄々《ひょうひょう》と呟くフェリクスさん。後ろには戦士団が数名つき従う。

そして一番後ろに、白の法衣をまとったパウリーネさんがいた。

ロッドに載った宝珠は、魔物の叫びを受けてか青白い光を明滅させる。正体を明かした夜から、ずっと持っていた杖だろう。

パウリーネさんは宝珠に人差し指を当てた。

「オーディス神殿、鴉の戦士団に伝わる、封印を強める神具です」

宝珠が放つ冷たい光は、荘厳《そうごん》で、神秘的で、吸い込まれそうになる。まるで冬の星をそのまま杖に据え付けたみたいだった。

ルゥがほうっと息をつく。

「霜の宝珠……ですよね」

「ええ」

パウリーネさんは微笑む。王女様も、神具の力を引き出せるよう、魔神様や小人と修練したと聞いていた。

「スキル〈封印〉と合わせれば、周囲の魔物を少しでも弱めることができるでしょう」

パウリーネさんはぎゅっとロッドを握りしめる。翡翠色の目が僕らを見渡した。

「この本陣の周囲にも、魔物が現れています。遺跡の周りでも――」

咆哮が高台の下から轟く。軍勢同士の激突が、始まっていた。

土煙の先。距離は四、五〇〇メートルほど離れた場所。

遺跡を囲っているのは、五千を超える軍勢だ。彼らは千人ほどの隊に分かれ、各方向から遺跡に対峙している。突如として荒野に魔物が現れたことで、背後をつかれた形だった。

でもかつて『血の夕焼け』を経験した冒険者は、そう簡単には崩れない。

――押し返せぇ！

――神々はどうした！

――後ろぉ、弓と魔法を撃ちやがれぇぇぇ！

強化された聴覚が、そんな声の応酬を拾う。冒険者達が前線の中心として、魔物の脅威に抗っていた。おかげで、陣形も粘り強く維持されてる。

パウリーネさんがロッドをついた。

「終末の戦いは、始まりました。敵が選択したのは、睨み合いではなく、この荒野で戦力をぶつけ合う野戦です」

パウリーネさんは声を時折震わせていたけれど、背筋を伸ばして、眼差しは揺るがない。覚悟を決めているんだ。

「魔物の発生原因は二つ。一つは、先日の王都と同じように、ユミールが魔物を強制的に目覚めさせていること。もう一つは」

王女様は、ロッドの先を見やった。宝珠が冷たい光をまたたかせている。

「奴隷商人らが、近くで巨人の遺灰をまいているのでしょう」

『ルイシアさん、どうでしょうか？』

金貨から声がするのは、女神様、薬神シグリスだ。

『あなたに宿った「創造の力」は、ユミールとも繋がっています。今のユミールの状態で、私達の動きも決まる』

「や、やってみます」

胸に手を当て、ルゥは深く息をつく。瞼を下ろして告げた。

「……動きはなくて、静かなように感じます。まるで隠れるみたいに……」

ユミールの気配を探ることは、深い水に潜るように、ルゥの気力を消費させてしまうようだ。言い終わったルゥは、瞳を揺らしていた。

「ありがとう、ルゥ」

僕は妹の肩を支えると、仲間達へ振り向いた。

「みんな……状況は、考えていた計画の、一つだ。ユミールは迷宮の奥に隠れながら、魔物を使って僕らの消耗を狙ってる」

この場合は――。

ルゥが両手で杖を握り、強く頷いて見せる。

「私も、平気」

「――わかった」

僕は胸を張って、ポーチから角笛を取り出した。

「僕らは、逆に短期決戦を狙う。ユミールのいる遺跡に、神様達と乗り込んで、原初の巨人を倒す」

外に魔物が大勢現れたということは、迷宮内の魔物が少ないということでもある。黄昏の遺跡は、王都のダンジョンと同様にかなり広い迷宮で、荒野のあちこちに砂に埋まった出口があるらしい。冒険者を襲っている魔物が、迷宮から現れたものとすれば――内部が手薄と考える目はあるだろう。

ロキの皮肉げな声がした。

『油断大敵。僕らを内部に誘っている可能性もあるけどねぇ。こっちの考えを予想して』

「それでも、行くしかない」

僕は目覚ましの角笛《ギャラルホルン》に息を送り込む。音色が空に渡ると、ポケットから金貨が飛び出してきた。

宙へ神々が躍り出る。

荒布装束《あらぬのしょうぞく》の雷神トール。黒いローブの魔神ロキ。狩装束の狩神ウル。青い鎧の女神、薬神シグリス。

そして、金髪をきらめかせてソラーナが僕の隣に降り立った。身にまとう帯が、角笛が遺した光を受けて、オーロラみたいに輝いている。

神様を呼び覚ます角笛に、本陣でも、遺跡の周囲でも、快哉《かいさい》があがった。

——角笛だ！

——知ってるか、王都じゃこれで神様出てきたんだぞ！

いつしか角笛の音色は、神様だけじゃなくて人々をも鼓舞《こぶ》するものになっていたようだ。

全体メッセージでも触れられたし、王都では実際に神々が魔物を打ち払っている。

「見ろ、リオン」

ソラーナが空を指さした。

角笛が生んだきらめきは、空に高く舞い上がっていく。けれど、遺跡から再び唸り声が響いてきた。

青空が、水面のように揺らぎ、変色する。

遺跡の上空に赤い点が生まれ、布地に血が沁み込んでいくように、じわじわとその範囲を広げていった。やがて空全体が夕焼けのような赤に染まる。

「……ユミールの魔力が空に満ちている」

僕は声を忘れていた。女神様は金の瞳をひらめかす。

「リオン、ルイシア。今からそのユミールを倒しに行く。いいか？」

ルゥと手を握り合って、兄妹で頷いた。

「はい！」

トールが破顔して、鎚を巨体の肩にかつぐ。魔神ロキも、狩神ウルも、薬神シグリスも、僕ら兄妹を見守ってくれているみたいだった。

女神様は微笑み、声を張る。

「よい答えだ！　では、わたし達が遺跡まで導こう！」

黄金の光が僕ら兄妹を包み込む。地面から足が離れ、体が浮き上がった。続けて、ミアさん、そしてフェリクスさん達も輝きに守られる。

黄昏の空へ飛び上がる僕らを、パウリーネさんがロッドを振り上げて見送った。

「ご無事で！」

声も、姿も、すぐに遠くなる。僕らは神様に支えられて、『黄昏の遺跡』へ飛翔した。

「すごい……」

五階建ての大塔よりも、高く飛んでいると思う。赤土の地面が猛スピードで眼下を過ぎた。

僕らを守るように、神様らも共に空を舞っている。トールが目を細め、顎をなでた。

「ほう？　神話時代の、やっかいな蛇も来ているようじゃねぇか？」

眼下に黒いもやが見えた。荒野の真ん中で、黒いローブの女性が佇んでいる。もやは女性の周りにたゆたって、その存在を何倍も大きく感じさせていた。

「あの人……！」

遠い。でも、姿は間違いない。王都で狼骨スコルと共にいた、ローブの女性だ。

飛翔させてもらっている僕にトールが並ぶ。

「魔力に応じて体をでかくする。そういう能力を持った、強大な魔物がいたんだ」

繋いだ手からルゥの震えを感じる。僕は問いかけた。

「じゃ、あれが……？」

「蛇骨と呼ばれた、神話時代の大蛇。世界蛇――ヨルムンガンドとも呼ばれた、大物だ」

もやが爆発的に広がって、その中から蛇の顔が僕らに向かって飛びかかってきた。


光に包まれて空を飛びながら、僕は一月ほど前のことを思い出していた。まだ神様と出会ったばかりで、東ダンジョンから目覚めた魔物――狼骨スコルと戦った時。

僕はこの黒いローブの女性と出会っている。奴隷商人だったのは間違いないし、スコルと話していたということは、魔物の可能性も高かった。

熱い塊が頭に汲み上げられてくる。

「この人達のせいで……！」

湧き上がるもやが僕らの進路を塞ぐ。物語で聞いた火山の噴火ってこんな感じなのかもしれない。

地上を埋める魔物達の咆哮を、何倍も巨大な叫びが塗りつぶしていた。

もやの中から闇色のウロコが現れる。飛翔する僕らと同じ高さで、何かが赤く光った。あれは——目だ。僕の身長ほどもありそうな目が、こちらを睨みつけている。

かさかさに乾いた声が出た。

「蛇、だ」

半身を地に残し空に躍り上がった全長は、三、四〇メートルはありそうだった。

ヨルムンガンドと呼ばれた大蛇は、身をひねりながら僕らに殺到する。紫の唾液に濡れた口がぐばりと開かれ、蒸気に似た白煙を吹いた。

「こっちに！」

ルゥの悲鳴に、ミアさんが神様達の頭をばしばしと叩いた。

「喰われるぞ！　下だ下だ下だ！」

「わかっている！　話していると、舌を噛むぞ——！」

ソラーナが言った瞬間、一気に高度が落ちた。ほとんど落下といっていい。

僕らのすぐ上を大蛇の巨体が過ぎ去る。がちんと牙を打ち合わせる音が響いた。

「助かった……」

右から、大蛇の尾が迫る。ウロコの一枚一枚が数えられるほどの距離を、僕らはギリギリで回避した。風圧も凄まじい。神様の光に包まれていなければ、僕らは散り散りに吹き飛ばされていただろう。

フェリクスさんが帽子を押さえながら言った。さすがのこの人も顔が青い。

「奴隷商人らは、近場に相当な量の遺灰をまいたようですね」

僕も頷くけど、声が震えてしまった。

「……彼らも、出し惜しみしてない」

決戦ってことだ。トールが鎚で、地上に降りた大蛇を示す。もうもうと土煙が上がっていた。

「あの大蛇は、魔力を使っていくらでもでかくなる」

ルゥの身をしっかり抱きながら、僕は尋ねた。

「体を作ってるってこと?」

「一時的にな。ルイシアの『創造の力』と違って、永続しない。魔力が切れれば元の大きさに戻るが……逆に言えば」

『巨人の遺灰』で魔物が暴れ出すのは、そのための魔力もまた遺灰にあるからだ。僕は応じる。

「今は、これだけ大きくなれるほど、魔力を得ている」

「おう。こんな敵が表で暴れたら、下の陣形はひとたまりもねぇ」

トールの言うとおり、遺跡の包囲陣からは悲鳴が聞こえる。

――神々はどうしたぁあ!

遺跡を囲う冒険者達は、背後から魔物の軍勢に襲われていた。包囲の内側にも魔物はいたから、陣形は円の内側と外側、二方向に対して戦っている。

敵が多いのは想定済みだ。けれどもこんな大蛇まで暴れたら、彼らはひとたまりもない。

「リオン」

飛翔しながら、トールが僕を見ていた。くく、と遠雷のように笑う。

「スルトの時とは、先陣の役が逆になったな」

雷神様の考えはわかる。神様の誰かが、あの巨大な魔物と戦わないといけない。そうでなければ、下にいる冒険者達の陣形は、巨大な蛇に食い荒らされてしまうもの。

「……だけど、トール」

魔物の軍勢も、ユミールの動きも、強大な魔物の出現も、想定通り。でも、僕は躊躇した。

角笛を使ったとはいえ、まだ〈目覚まし〉の神様に会えたわけじゃない。僕らは、神様を強める目覚ましの角笛《ギャラルホルン》の力を引き出し切ってはいないんだ。

対して敵の巨大な蛇は、遺灰とユミールの力で、魔力も戦意も溢れてる。

いわば、相手だけ絶好調。不利な戦い、だけど――

「ここは、あなたに任せます」

まっすぐに、雷神様の目を見る。笑みと一緒に、たてがみのような赤髪が舞った。

「それでいい。ただ別れるんじゃねぇ。戦士の背中は、互いに守りあうんだ」

大蛇は、赤く長い舌をちらつかせる。夕焼け色の光が、荒野に蛇の長い影を不気味に這わせていた。

ヨルムンガンドは僕らの方へ頭を向ける。身をたわめた時、赤い光が――トールが大蛇の突進を受け止めた。

「俺達は、お前の決断に張ってるんだ！」

構えた鎚が大蛇の額とぶつかり合い、火花を散らす。

もう、振り返ってはいられなかった。

「神様、僕らは遺跡の中へ！」

冒険者の陣形を飛び越え、さらに飛翔し、僕らは遺跡の門に立つ。外の激戦とは打って変わって、入口付近には魔物はいなかった。

高さ一〇メートルはありそうな太い柱が三本立ち、門を支えている。地下へと通じる道からは、ひゅうひゅうと風が吹く音がした。耳を澄ませると、魔物の呻り声が聞こえてくる。

突入するのは、僕とルゥ、ミアさんとフェリクスさん、それに二人の戦士団。神様はトールを除く、ソラーナ、魔神ロキ、狩神ウル、それに薬神シグリスの四人。

青い鎧の薬神シグリスが、槍を地面についた。癒しを専門とするこの人も、今は戦いのための武器を手にしている。

「お兄ちゃん」

ルゥは身を屈め、杖をきつく握りしめている。

「ああ。進もう」

僕らは、黄昏の遺跡へ踏み込んだ。

黄昏の遺跡。

遺跡というのは『迷宮としては機能していない』という意味で付けられた呼称らしかった。原初の巨人という敵の長もいた激戦地には、とても強い封印が施《ほどこ》されていたんだろう。だから魔物は発生せず、迷宮ではなく遺跡と呼ばれた。

その意味では、今この場所は、完全にダンジョンとして甦っている。

一歩踏み込んだ瞬間、風鳴りのような唸りが聞こえた。表の魔物以外にも、きっと遺跡を守る存在が潜んでいる。

僕は入口から入ったすぐ後に、壁に身を隠した。ソラーナも宙を舞うことはせず、地面に降りる。

「ユミールの気配が強くなった。ここはかつて、目覚ましの神ヘイムダルが信徒と共に逃げ込んだ迷宮だが……今や完全にユミールの支配下だな」

陥落した拠点、というべきなんだろうか。オーディンがヘイムダル神を行方知れずと判断した理由も、その辺りにあるのかもしれない。

石の柱に、高い天井は、まるで朽ちた神殿だ。上から降る光は強く、かなり明るい。

狩神ウルが弓を背中から取り出した。身を低くし、左手を耳に当てる。

「……だめだな、やはりユミールの位置はわからない」

狩神様は、敵を探す能力に一番優れている。首を振ると、茶髪のおさげが揺れた。

「ユミールの気配が強すぎるんだ。そのせいで、方向さえわからない。すぐ近くにいそうな気もするし、遥か遠くにいそうな気もする。階層を絞るだけでも至難だな」

すっとルゥが壁から離れて、床を指さした。

「——もっと下です」

妹は胸に手を当てる。僕の視線に、落ち着いた表情で頷いた。

「ユミールの場所、わかると思う」

僕はウルへ視線を向けた。狩神様は、お手上げだ、とでも言うように両手を上げる。

……やっぱり、ルゥがいなければこの広大な迷宮を探し回ることになりそうだ。僕も、覚悟を決めよう。リスクは大きいけど、それなら守りながら進むしかない。

ミアさんが鎖を巻いた右手を掲げて、僕に笑いかけた。

「心配するな。あたし達も、神々も、ルイシアから目を離さない」

「お願いします」

僕らは、慎重に歩みを進めた。スキルで辺りを油断なく探索し続ける。

家ほどの高さがある巨大狼や、ゴーレム、大刀をかついだスケルトンをやり過ごした。角を一つ曲がる度、だだっ広い通路を横切る度、心が削れていくのがわかる。

パーティーは、僕とミアさん、ルゥ、そしてフェリクスさんと二人の戦士団だ。これまでの冒険と、魔物に見つからず進める数を参考にメンバーを決めている。トール以外の神様だっていてくれた。一番いい編成だと思うけど、この異様な迷宮を進むのは、恐ろしい。

フェリクスさんが汗を拭う。

「……こんな迷宮は、初めてです」

戦士団を指揮するこの人も、黒髪が額にべったりと張り付いていた。僕は小声で同意する。

「何かに見られているみたいですね」

そうだ。常に、何か恐ろしいものの気配を感じる。巨大な生き物の腹の中に、自分から飲み込まれたような気持ちだった。

ようやく、最初の階段に辿り着く。僕はほっと息を吐き、ルゥへ振り返った。

「降りるよ。ルゥ、体調は?」

ルゥは杖を抱きながら、こっくりと頷く。胸の中に『創造の力』なんてスキルがあるせいか、今はむしろ誰よりも消耗が少なく感じた。

「大丈夫。ユミールは、次の階層にもいない。もっともっと下」

静かに階段を降りて、第二階層へ到達する。

神殿のようだった一層とは違い、赤土の壁が目立つ粗い作りだった。天井も五メートルほどで、最初の層のような広さは感じない。その分、入り組んでいるのかもしれないけど。

あちこちに、冒険者ギルドや騎士団の印章がついた樽や木箱がある。遺跡として調査されていた頃の名残だろうか。ただ、崩落や新エリアの出現で、以前の地図はあてにできない。

「ルゥが道を教えてくれるなら、最短でユミールまでいけるのかも……」

ソラーナが僕へ囁いた。

「こちらだけが有利というわけではあるまい。ルイシアが気配を感じるように、ユミールもまた『創造の力』が近づいていることを察知しているはずだ」

……気を引き締めていこう。

赤土の迷宮を、僕らはさらに進む。〈狩神の加護〉、『野生の心』が赤い光を見いだした。

「止まって」

僕はみんなに合図した。

「次の次の部屋、敵が待ち構えてる。数は四つ」

ミアさんが舌打ち。右腕に巻いた鎖を引き出していく。

「いよいよかい。徘徊するタイプかもよ、移動は？」

「……する様子は、ないみたいです」

赤い光は人型だ。距離の割には大きく見える。多分、身長は三メートルほどだろうか。

部屋で待ち構える様子は、まるで番人。

狩神ウルが前へ飛んできて、背中をぺたりと壁へつけた。

「リオン、よく気づいた。狩人として優秀だね」

狩神様は目を細める。薬神シグリスも、後ろから声をかけてきた。

「どうしますか？　神々が先行しますが……」

女神様が持っているのは、銀色に輝く槍だ。王都の南ダンジョン――かつて自身が封印されていた迷宮を探索した時、薬神様はこの槍を見つけている。

僕は、ミアさん達を見て首を振った。

「……数は四体で、人型です。魔力からも、強い魔物じゃない。なら、僕らが戦うよ」

赤髪を揺らしてミアさんも同意する。

「そうだな。迷宮の深部に挑むなら、戦闘は避けられない。ここらで体を慣らしとこう」

「では、私以外の団員と神々は、ルイシアさんの護衛に。彼女にこそ万が一があってはいけない」

フェリクスさんの後、ソラーナが口を開く。

「では、戦うのはリオンと、ミア、フェリクス、そしてわたしだ。数が四体なら、丁度、計算が合う」

頷きあって、僕らは魔物が待つ角を曲がった。

到達したエリアは、市場が立ちそうなほど広い空間。

敵が僕らに気づく。

やっぱり人型で、大きさは三メートルほど。革と金属を重ね合わせた鎧を身に着け、武器は剣や斧と幅広い。四体の目が見開かれ、部屋を揺らす咆哮を放った。

身長はオークにも近いけど、筋肉に覆われた体と、燃えるような眼光は格が違う威圧感だ。床を蹴って突進してくる。

ソラーナが叫んだ。

「巨人兵！　原初の巨人ユミールに近しい、巨人の兵だ！」

つまり、敵の精鋭。僕らも踏み込み、迎え撃った。

短剣の握り《グリップ》に光。小人の鍛冶屋さんサフィが刻んでくれた魔法文字《ルーン》が、緑に輝いたんだ。

体に風をまとう。

一気に、加速。柄のクリスタルに宿る精霊も、力を貸してくれたってわかる。

巨人兵が斧を振り下ろした。砕け飛ぶ破片。ジグザグに回避しながら、僕は右腕を前に出した。ルゥからもらった籠手が、心強い。軽くて硬い防具が、避けきれない破片から僕を守ってくれた。

赤い眼光が僕を追尾する。斧による薙ぎ払いを、身を倒して回避。側転の後、地面に手をついて追撃を潜《くぐ》った。

「目覚ましっ」

短剣から風の精霊《シルフ》が飛び出し、巨人兵に襲い掛かった。敵の右腕が抉《えぐ》られる。

「グオオオ！」

唸りと共に、踏みつけが来る。でも、今の動きなら——トールと鍛錬した動きなら、巨大な相手も怖くない。自分より大きな相手に挑むあの雷神様に、僕も勇気を教わった。

後ろへ回り込む。振り向きざまの一振りは読んでいて、僕は跳躍に移っていた。相手の顔が目の前にある。あの大きな手が背中を叩いてくれた気がして、喉から声が奔《はし》った。

「雷神の、鎚！」

〈スキル：太陽の加護〉を使用しました。
『黄金の炎』……時間限定で身体能力を向上。

〈スキル：雷神の加護〉を使用しました。
『雷神の鎚』……強い電撃を放つ。

神様の加護の、組み合わせ。

黄金の雷が、巨人兵の体を駆け抜けた。口から煙を吐いて巨人兵は倒れ、風に黒い灰が散る。

安堵はまだだめだ。仲間の方を振り返る。

ミアさんとフェリクスさんが、棍棒を持った二体の巨人兵を相手にしていた。

「フェリクス！」

「わかってますとも……！」

ミアさんの新しい鎖斧――小人達からもらった『緋の斧』に、フェリクスさんが炎の魔法を放つ。赤く輝く刃に、火炎が吸い込まれた。

古代の斧は、受け止めた魔力の一部を吸収するみたい。ミアさんは『そのまんま返し』と呼んでいた。つまり、攻撃を受ければ受けるほど力を蓄え、使い手の声で発散する。

防御を重ねるほど反撃が強くなるという、前衛向きの能力だった。

ミアさんは、そんな『魔力を宿す』という特性を、仲間との連携に使っている。

「さて――――！」

ミアさんが緋の斧を振り抜いた。爆炎が扇形に広がる。

「オオ、オ！」

二体の巨人兵が顔をかばう。たまらず後ずさった敵を逃さず、ミアさんは鎖斧を投げていた。にっと口角を引き上げて、宣告する。

「重撃」

スキル〈斧士〉の、一撃の威力を高める能力だ。投擲された鎖斧は、まるで間近で全力で振り抜かれたかのように、巨人兵の首筋に深々と刺さる。

残る一体にも、フェリクスさんが魔法を放っていた。

「土葬《グラフト》」

地面に穴が開き、巨人兵の巨体が半分ほど埋まる。視界を奪われていた敵は対処が遅れた。

「グ、オオオオ！」

巨体だからこそ、太い脚や胴をなかなか外へ引き出せない。

「終わりです」

フェリクスさんが杖を地面につくと、穴が収縮。巨人兵の体を押しつぶした。巨大な掌に握られたようなものだろう。苦悶の呻きと共に、巨人兵は地に伏せ灰になった。

僕の側にソラーナが降りてくる。

「――こちらも済んだ」

背後では、黄金の光に包まれて巨人兵が灰になっていく。ソラーナは腰に手を当てて苦笑した。

「全員、救援が不要とは。強くなったのだな」

小人の武器に、神様から受けた鍛錬、そして連係。まだ最初の一戦だけど、今は胸を張ろう。

「うん、先へ進もう」

短剣でクリスタルがきらりと輝いた。精霊にもクスリと声をかける。

「もちろん、精霊《きみ》もね」

わんっ、と短剣から声が聞こえた。神様達と二人の戦士団、そしてルゥが駆け寄ってくる。

「お兄ちゃん、よかった……」

ルゥはほっと安堵した様子で、僕を見上げた。

「いつも、こういうことしてるんだね」

妹は、宙に溶けていく魔物の黒灰をこわごわと見やる。胸に杖を抱いて、深く息をついていた。

やがて右手だけを胸に当てる。『創造の力』がユミールの心臓だったとするなら、鼓動のような気配がするのかもしれない。

「……ユミールは、まだずっと下。多分、あと五層は降ると思う」

僕は尋ねた。

「まだ、進路はわかる？」

「うん。あっちの方」

ルゥは、まっすぐ部屋の出口を指さした。魔神ロキが口笛を吹く。

「わかるんです。本当に、呼ばれているみたいに」

あるいは、それが敵の狙いなのかもしれないけれど。迷宮に踏み入った以上、僕らは進むしかない。

「外の王女様達も、耐えてくれているといいけど……」


黄昏に染まる空を、一羽の鴉が飛んでいた。

まだ朝の時間帯であったが、荒野に座す遺跡から、あるいは地に満ちる魔物から、赤黒い魔力が放散されている。魔力の色が、空を不気味なほど赤く染め上げていた。

地を見下ろして飛ぶ鴉は、主神オーディンの使いである。

主神は今、封印の維持に注力していた。ゆえに、こうして鴉の目を通して戦況を見守ることしか、術を持っていない。

遺跡の奥から、ユミールは魔物を目覚めさせる声を発し続けている。声といっても、魔物にしか感じえない、音のない命令だが。

もしオーディンが、封印の氷を生み出した者として抵抗していなければ、荒野のような魔物の大発生が王国各地で起こっていただろう。それこそ、リオンらの故郷、王都でも。

主神の使いは、翼を傾けた。

彼の主は、今、空よりも高い場所にいる。神学者が天界と呼ぶその場所で、鴉を通して決戦を見守っているはずだった。

――懐かしいのう。

鴉は、天界から見下ろす主神の声を聞いた。

かつて、同じように世界は滅びに瀕した。押し寄せる魔物の大群に、神々も、人間も、その同盟者も、雪崩に流されるように次々と拠点を失い消えていった。

太古よりも希望があるとすれば、地上では封印がまだ効果を発揮していること。ユミールの呼びかけがあっても、オーディンらの努力で魔物らの大半はまだ封印の眠りにある。それもユミールが完全に力を取り戻し、黄昏の遺跡から外へ出れば、破られることだろうが。

もう一つの要素は、希望というより、戦況の変化というべきものだった。

戦いを率いるのは、神々ではなく人間。

千年の間に数を増し、王国を作った人間が、今の世界を守るために神々と力を合わせていた。かつて神々が主導し、人間がその手駒として動いていた時とは、その点も違う。

今も赤土の荒野で、人間の陣形が魔物の波を食い止めている。

――果たして、今次の終末は、どうか。

主神の声を聞きながら、鴉は地上を見下ろす。

魔物の数は増すばかり。倒れる人間も多い。

それでも彼らは、今や意志を持ち崩れない。角笛を通して、少年の勇気が軍勢に宿っている。

丘の上に設けられた本陣でも激戦が続いていた。


鴉の戦士団、総長パウリーネは翡翠の瞳に力を込める。見つめる先は、ロッドの先で輝く宝珠だ。

王女の魔力に反応して、白く冷たい光が強まっていく。

「スキル〈封印〉」

宝珠から冷気が奔り、眼前に迫ったオークに氷をまとわせた。魔物は手足を振り回すが、動きはどんどん鈍っていく。

冷たい風は王女の前方へ吹き抜け、本陣に迫る魔物を凍てつかせていく。

「パウリーネ様！」

大剣をかついだ団員が、動けないオークを両断した。

ユミールの咆哮、そして開戦からまだ三〇分ほどしか経っていない。だというのに、パウリーネは何時間も戦っているように錯覚した。荒事への不慣れさと、体力のなさに嫌気がさす。ルイシアのほうが魔物を前に落ち着いていたかもしれない。

団員がさらに集まり、パウリーネを奥へ押しやる。

「陣の後ろへ退避を」

「いえ――」

応えかけた直後、霜まみれの敵が数体まとめて吹き飛んだ。

のっそりと姿を現したのは、新たな魔物。三メートルほどのずんぐりした巨体に、樽に似た頭が載っている。青い光が額の位置に宿っていた。

「ご、ゴーレム？」

息をのむ団員らだったが、すぐにゴーレムの後頭部から子供のような姿が顔を出す。

リオンらが助けた神々の同盟者、小人達だ。

パウリーネもまた、呆気にとられる。やがて、ゴーレムとは小人が造り出す魔法機構でもあったことを思い出した。優れた技術者の彼らは、今回の決戦でも同行している。

ゴーレムの数は三体。一体につき一人の小人がしがみついている。

やや大きなゴーレムで、鍛冶師サフィが得意げな笑みを見せた。

「平気？　まだまだ救援に来るよ！」

ゴーレムが続々と参戦した。封印の冷気に巻き込まれないよう、今まで奥に控えていたのだろう。

角笛の効果を受けてか、ゴーレムに命じる小人達も士気が高かった。

パウリーネは、はっと我に返る。

「救援に感謝します！　本陣を立て直しましょう！」

王女の檄で、団員が息を吹き返す。指令が復唱されながら陣へ行き渡った。

パウリーネは汗を拭い、高台へ移動する。黄昏の遺跡を見下ろした。まだ冒険者と騎士は、遺跡を囲う陣形を維持している。

その手前では大蛇と雷神トールが激しく打ち合い、大気を震わせていた。赤い光を散らしながら、トールは神話時代の魔物から人間達を守っている。

ロッドをつくと、宝珠が励ますように輝いた。

「私には、戦士団の長として、王族として、スキル〈封印〉があります。魔物を封印の冷気で弱める力です」

団員達に語りながら、パウリーネは自嘲気味に笑った。

「もっとも、どれだけ効果があるかは不明ですが……」

荒野でぶつかりあう魔物と人を見据える。本陣に目を戻せば、迫る魔物は凍てついたものを踏み越え、何度も、何度も、襲い掛かってきた。

「今から、宝珠にさらに魔力をこめます。そもそも、これは迷宮を管理するための神具。ユミールがいるあの遺跡にも、魔物を弱める力がわずかでも届くかもしれません」

パウリーネは団員を見渡す。彼らにもまだ戦ってもらうしかない。

「踏みとどまりましょう。リオンさん達がユミールを倒すまで、私達すべてが、今なしうることを」

だからこそ、まだ奥へは退けない。

総長の意志を見て、戦士団も肚が据わったらしかった。

「承知しましたっ」

「ゴーレムらと連携すれば、まだまだ……！」

口々に応じる声を聞きながら、パウリーネは目を閉じ、魔力を起き上がらせた。少しでも終末が遠ざかるように。あるいは、それを押しのけ、明日がやってくるように。

◎

一層。さらに、一層。

僕らは階層を重ねていく。

みんな口数を少なくして、風のように動いていた。神様達も心強い。狩神ウルの索敵に加えて、魔神ロキの魔法、薬神シグリスの癒し、さらにはソラーナが太陽の力で魔物を払ってくれる。

それでも下へ向かえば向かうほど、胸騒ぎがひどくなり、脂汗が滲んだ。理屈じゃなくて、体が勝手に恐怖を感じてる。

「お兄ちゃん」

ルゥが震える声で言った。僕の袖をぎゅっと握っている。

「もう、すぐ下の階。あそこが、最後の階段」

指さすのは大通りのような一本道と、その先で霞む階段だった。五〇メートルは続く長い通路で、隠れる場所も迂回路も見当たらない。横幅はかなり広くて、細長いホールとも言えそうだった。

フェリクスさんが唸る。

「魔物が待ち構えていますね」

オークやスケルトン、巨人兵。

狼型の魔物も徘徊していた。東ダンジョンにいたワーグもいるし、赤い毛並みの大狼も見える。

僕は呟いた。

「もしかして、ガルム……？」

大きさが牛や馬ほどもある大物だ。ダンジョンのボス層にも出現する、強力な狼型魔物。

ミアさんも斧を構えたまま口を曲げる。

「ずいぶんとまぁ、一箇所に群れてるね。後から追いかけられても面倒だし、戦うしかないか……？」

その時、冷気が僕らの間を駆け抜けた。ソラーナが身を抱く。

「この冷気は……」

凍てつく風がホールに吹き込んだ。一瞬のことだったけれど、魔物達を霜が襲う。神様達は寒さを感じるだけで済んだようだけど、敵は体中に霜をつけて動きを鈍らせた。

「好機です！」

シグリスの声を合図に、神様達が飛び出した。黒いローブの魔神ロキが、両手に炎をまとわせる。火炎は鞭のようにしなって、群れたオークを焼き払った。

薬神シグリスも、今は槍を持っている。動きの鈍った巨人兵の喉を次々と切り払い、狼達は狩神ウルの矢が仕留めた。

残っていたのは十数体の骨兵——スケルトン。まとわりつく霜で、まだ身動きがとれていない。

「太陽の力で、魔を滅そう」

部屋の中央に降り立ったソラーナが、全身から黄金の光を奔らせた。眩しいほどの輝きがホールを埋めて、僕が目を開けるとスケルトンは残らず灰になっていた。

女神様が放った魔力が、まだ空中できらめいている。

「……一瞬で、終わった？」

思わず声が漏れてしまった。ソラーナは肩をすぼめる。

「スケルトンは、魔力で動く人骨だ。魔物になって間もないもの、あるいは、魔物からの魔力が存在の要になっているものは、特に太陽の力が効果を発揮する」

魔物が骨にかけた魔力を、ソラーナの力で払ってしまった——ということだろうか。

大ホールにもう魔物はいない。神様のおかげで難所を抜けた。

ミアさんが首を傾げながら、地面に残った霜を足でつつく。

「なぁ、さっきの冷気はなんだ？」

「おそらくスキル〈封印〉でしょう」

フェリクスさんが応じた。

「パウリーネ様が、神具を使ったのかもしれません。かなり魔力を消費するはずですが……」

僕らが階段へ向き直ると、階下から叫びが響いてくる。咆哮は辺りに残っていた冷気を吹き飛ばし、わんわんと階層に鳴り渡りながら消えていった。

部屋に残っていた霜も砕け散ってしまう。細目を険しくして、フェリクスさんは首を振った。

「……ユミールの声でしょう。やはり、これだけの冷気は維持できない。原初の巨人を倒さない限り根本解決はないでしょう」

強い風が吹く。階下からきた叫びが、フロアの空気をかき回したのかもしれない。ルゥは神官服の帽子を押さえて言った。

「もう、近い。階段を降りたら位置までわかると思う」

ここが、最後の休憩になるかもしれない。一息つきながら、特にルゥの体調を気遣う。

僕らが少し休む中、狩神ウルは先頭でじっと階段を睨んでいた。

「下に、妙な魔力がある。これもボクらを待ち構えている敵だろう」

「わかった。気を付けて進もう」

応じてから、僕は最後の大階段を下りる。〈狩神の加護〉『野生の心』でも敵の魔力が探知できた。

「人型……?」

それも、大きさまで人間大だ。なにか嫌な予感がする。

階段を下りた先の部屋で、槍を持った男が壁に背中を預けて待っていた。外されたフードに、結われた長い金髪が載っている。

「おや、来たね」

ルゥがひっと息をのむ。両手で、身を守るように杖を構えた。

神様達が妹の前に出てくれる。

柔らかな微笑を浮かべるのは、おそらく北ダンジョンでも会った、フードの男。

「ヴァリス領の、グンター……？」

僕が問いかけると、正解とでも言わんばかりに男は腕を広げた。

「もはや、隠す意味もないか。ワールブルク家のギデオンに近づきすぎたのは、失敗だったな」

目に、異様に強い輝き。眼光はルゥを狙っている。

「訂正だ。今はただのグンターだ」

腰を落とし、槍の切っ先をぴたりと僕へ合わせる。

「妹を譲れよ、貧乏人」

男は懐から袋を――『巨人の遺灰』をいくつも掴み出すと、辺りに向かってまき散らした。

まき散らされた遺灰はたちまち赤黒く燃えて、男の周囲に漂った。まるで、グンター自身が炎を生み出しているみたい。遺灰の熱気を受けながら、長い金髪が生き物のようにうねっている。

「お兄ちゃん！　ユミールは、この先にいるっ」

ルゥに頷いて、僕はポーチから目覚ましの角笛《ギャラルホルン》を取り出す。角笛がかすかに光を帯び震えた。

この神具と僕に宿る〈目覚まし〉の力、その大本になった神様もきっとこの近くにいる。

目覚ましの神様、ヘイムダルが。

グンターが右手に持った槍を回し、僕らに向け構える。左手では新たな小袋を取り出した。

「通りたければ、ここを抜けてみるといい」

袋の口からは、赤黒いもやがすうっと立ち上がる。この男は、魔物の封印を緩める『巨人の遺灰』をきっとまだまだ持っているんだ。

薬神シグリスが告げてくる。

「リオンさん。もし彼を逃がせば、厄介なことになります」

「わかってる。ユミールとの戦いを邪魔されるし――」

この男を、自由にさせちゃいけない。遺灰には、目覚めさせた魔物を強化する効果もあったはずだ。

グンターは口の端を釣り上げる。

「どうした？　迷っていていいのか？」

この部屋は、第九層――最深部の入り口だ。グンターは通路への出口を塞ぐように立っている。

唸り声が響いた。三メートルほどの巨体、巨人兵がグンターを庇うように現れる。〈狩神の加護〉で探知すると、赤い光が続々とここへ近づいていた。

狩神ウルが舌打ち。

「ちっ。遺灰で集まってきてるな……！」

グンターが数歩下がる。高笑いを響かせながら、踵《きびす》を返した。

「逃げるぞ！」

ソラーナの叫びに、フェリクスさんとロキが炎を放つ。二つの炎槍を回避するため、グンターの足取りが一瞬だけ乱れた。

じゃらりと鎖の音。

気合の叫びと共に、ミアさんが鎖斧で魔物を薙ぎ払った。狩神ウルが矢を放つ。薬神シグリスも瞬時に踏み込み、一番手前にいた巨人兵を突き倒した。

まかれた遺灰は多い。まだまだやってくる増援。巨人兵に、オークやスケルトン、それに狼型や虫型の魔物まで。この部屋にいたままじゃ、グンターを見失う。

「僕が追います！」

駆け出しながら、『黄金の炎』を身にまとう。

振り下ろされる巨人兵の斧を、左右に跳んでかい潜った。ソラーナが僕の隣についてくれる。

「君ならそう言うと思った。今は誰かが追わねばならない」

ルゥの声が背中を叩く。

「お兄ちゃん！」

振り向いて応じる。

「ここで逃がして隠れられたら、ずっと脅威になる！」

「ああ、わたし達を信じてくれ！」

肩をすくめるフェリクスさんが見えた。

「やれやれ……任せましたよ！」

僕とソラーナは視線を交わし合い、グンターを追った。

速い。『黄金の炎』でも追いつけない。本当に人間なんだろうか――。

部屋と通路をいくつも抜けると、急に空間が開けた。

高い天井。今までの倍、八メートルはあるだろう。巨人タイプの魔物が暴れられるほどの空間だ。

「ボス層……？」

呟いてしまうのは、迷宮の最深部、ボスが現れる空間にも似ていたから。

一番奥、一段高くなったところでグンターが待ち構えている。大部屋の左右の壁には通路が続き、すでに魔物の気配がした。

「ようこそ、最深部へ」

槍を持ちながら、グンターは僕らに一礼する。ぱちぱちと気のない拍手を送る間も、体の周囲に黒いもやが漂っていた。

「……リオン、気を付けるんだ」

ソラーナが囁いた。

「強大な魔物には、生き物を歪め魔物にしてしまう力がある。外にいたローブの女が、世界蛇――かつてはヨルムンガンドと呼ばれた大物だとしたら、この男はすでに……！」

グンターが顔をあげた。額や頬から、影のような痣が顔の中央へ走っている。斑紋は赤黒く輝き、命を持って蠢いているようにさえ見えた。

僕は呟く。

「魔物……？」

「おそらく。この男は、自分から魔物になりにいったのだ」

遺灰が放っていた黒いもやは、今はグンターの体から出ていた。

「ここに、君らが狙う大物——ユミールが眠っている」

男は親指で背後の壁を示す。見開いた目が不気味だった。

「しかし、傍観するつもりのようだ。共闘という発想はないらしい」

体にまとうもやが大きくなっていた。まるで巨大な影。〈狩神の加護〉で探知すると、グンターが放つ赤い光は炎のようにたなびいていて、かつてないほど強烈だ。

呼吸を整える。

敵は会話で時間を稼ごうとしているようだ。様子を見ておきたいのは、こっちも同じ。

「どういうこと？」

聞き返すと、グンターは呆れたように言った。

「わからないか？　『創造の力』は、千年以上も求め続けたもの。強力なものなら、警戒するのは横取りだ。『創造の力』を持った少女。あるいは、それを捕まえた誰か。そういう、力を直接手にできる相手としか、ユミールは会わないつもりなのさ」

なんとなく、僕にも事情が飲み込めてきた。

ユミールは、他の魔物も警戒している。『創造の力』を奪い取る時は、できるだけ魔物が少ない状態で行いたい、ということかもしれない。力の横取りを恐れて。

そのためにこそ、外ではなくて遺跡の内側へ僕らを誘い込んだ。

「それだけ、魔物は力となる希少なスキルに敏感でもある。君の〈目覚まし〉か、さらに妹を手にできれば、ユミールに交渉できるだろう。私をもっと強い魔物にするように……！」

王都へ、この男がルゥを狙ってやってきた。怖がっていた妹を思い出すと、動揺が収まっていく。

「強くなるために、僕らを？」

「そうだとも」

なんで、敵は僕らを物のように見るんだろう。こちらにだって意志があるのに。

いや――その意志を通すために、僕だって、強くなりたかったんだ。

「あなたにルゥは渡さない」

グンターは大きく口を開けた。

「はは！　けっこう、ならば獲るまで！」

喉から奔る叫びは人間のものとは思えない。

グンターは槍を構える。突進。反射的に中段に置いた短剣が、かろうじて切っ先を弾いた。

速い。

女神様さえ、反応が遅れた。真っ赤な口がせせら笑う。

「最も強いとは、こういうことだよ」

短剣で刃を逸らしながら、前へ出る。『黄金の炎』の補助があっても、腕が痺れた。

グンターが飛び退く。続くのは片手で槍を回してからの薙ぎ払いだ。

ソラーナの光撃をかわしながら、グンターは僕だけを執拗に狙う。

一合、二合。リーチは圧倒的に向こうが有利。スキル〈槍豪〉という戦闘系スキルも持っている。

苦し紛れに、僕はバックステップで間合いをとった。

「リオン、こっちに！」

黄金の光が、輝く鎚のように振るわれた。けれど、ソラーナの攻撃を引き受けたのは、飛び出してきた魔物だった。

グンターが、僕に再び突っ込んでくる。頬に広がった痣が、不気味に笑う表情に見えた。

「遺灰もすでに大量にまいた。ここには、魔物が集まってくるぞ」

転がるように回避。槍が僕の位置を正確に刺突してくる。

「重突牙《じゅうとつが》」

スキルの技が、流れるように繰り出される。僕は相手を観察した。基本は同じだ。相手の実力を確かめて、駆け引きを行い、最後に勝つ。

防戦でも飛び出さないことには、胆力がいる。

「うっ」

危ない攻撃が頬をかすめた。引き戻される槍先が腕を切りつける。ルゥが作ってくれた籠手のおかげで、斬撃は装甲をかすめるだけですんだ。もし籠手が破られていたら、右腕を落とされていたろう。

「何か、スキルを……」

神様の力に縋りたい気持ちを、自制する。神様のスキルは強大だけど、この敵は動きが速い。粘れ。ソラーナもいて、僕のために魔物を退けてくれている。

無数の突きでも、粘って粘って、決定的な攻撃の機会を、組み立てるんだ。

「双散撃《そうさんげき》っ」

左右から襲う連撃。避けた瞬間、石突による打撃がくる。息つく間もない。体がぶれたところに、必殺に繋がる足払いがくる。上に跳んだ。

「空中では動けまい」

悪寒。とっさに短剣を前に出す。

「轟竜槍《ごうりゅうそう》」

深く踏み込んで穿たれた、槍による一撃。受けた短剣が悲鳴をあげるように軋む。僕は吹き飛ばされて、壁に打ち付けられた。体がバラバラに弾けてしまったかのよう。

横に転がって刺突を避ける。グンターは表情さえ変えず、槍を振り上げた。

「寝ていろ」

切っ先が、落ちてくる。赤黒い痣がグンターの顔で脈打った。

相手の面が歪み、手が止まる。

「くそっ」

魔物の力である黒い痣は、グンターの体も蝕んでいるのかもしれない。脳裏に過ったのは、ソラーナが屍狼《ウェアウルフ・ゾンビ》のもやを打ち払ったり、ルゥを治した時のこと。

身を起こしながら、血と一緒に言葉を吐いた。

「目覚ましっ」

短剣から飛び出す精霊。刻まれた魔法文字《ルーン》が輝いて、隙に突風を差し込んだ。槍で切り払う。

僕は低空を泳いで跳び込んだ。剣と柄が押し合い、目と目がぶつかりそうな距離で叫ぶ。

「ソラーナ、加護を！」

金色の目がきらめいたのは、意思が通じたからと信じたい。

「――承知した！」

――

〈スキル：太陽の加護〉を使用しました。

『白い炎』……回復。太陽の加護は呪いも祓う。

――

――

〈スキル：薬神の加護〉を使用しました。

『ヴァルキュリアの匙』……回復。魔力消費で範囲拡大。

――

〈太陽の加護〉、『白い炎』が辺りに振りまかれた。ルゥを癒した太陽の力。

太陽に魔物の力を払う効果があるなら、魔物になりかけたこの男からも、その力を――人間から魔物へと歪める力を打ち払える。ルゥを治したり、スケルトンや屍狼を倒した時のように。

『白い炎』がグンターにも舞い落ちる。

「なに……！」

瞠目《どうもく》する顔から、魔物の痣が薄らいだ。再び遺灰を使おうとする。魔物になったこの男は、きっと自らもあの遺灰で力を得ていた。

「こっちを――癒すだと!?」

悶えながら突き出された槍を、僕は右へ弾いた。

踏み出し、短剣を受け止める槍の柄を押し上げていく。後ろから大勢の足音が聞こえた。

「お兄ちゃん！」

ルゥの声。グンターの槍が揺らぐ。

黄金の炎が燃え盛る。

「はぁ！」

僕は短剣を押しきり、グンターの槍を払った。

体が泳ぎ、胴体が開く。隙。魔物に対する動きが、戦いに対する動きが、反射的に引き出された。

懐に飛び込み、薙ぐ。命に至る手ごたえがあった。

「ぐ……」

呻きを遺して、男は倒れる。槍が重たい音を遺して転がった。

呼び出された魔物が、神様と仲間によって排除されていく。倒れたグンターの側にフェリクスさんが膝をついた。

「ヴァリス家嫡男、グンターですね？　出奔、行方不明でしたが――ギデオンなどに指示を出していた、奴隷商人の元締めの一人」

フェリクスさんの言葉に、グンターは忌々《いまいま》しそうに顔を歪める。

「もう少しで……！」

グンターの顔に、再び赤黒い痣が浮き出ていた。僕はグンターの横に立って、その姿を見下ろしている。じわり、じわり、と赤い血が胸から床に広がった。

ソラーナが目を伏せる。

「……私の力で、魔物の力を払えたのは一時的なものだ。この男はすでに、魔物にとても近づいている。完全に人間に戻してやることはできないだろう」

グンターはせせら笑った。

「それでいい」

胸をつかれて、僕は問うてしまった。

「……何か、ご家族に遺す言葉、ありますか？」

甘いのかもしれない。こんな言葉が飛び出してしまった。

王都での、ギデオンとの決闘が胸を過る。

本当に悪いやつもいる——ミアさんは、僕にそう言った。そしてこの男も、明らかに悪人。

でも、ルゥの『お兄ちゃん』という声を聞いた時、槍が揺らいだ気がしたんだ。

「いるか、そんなもの」

グンターは吐き捨てる。赤黒く濁った瞳が僕を見上げ、その目に一瞬だけ何かが——澄んだものが浮かんだように感じた。

僕とグンターは視線を交わし合う。目を閉じたのは、相手の方だった。

「……迷宮に遺灰をまいたら、領地にカネが入るようになったのさ。家族はその前に死んでいる」

この人にも、と僕は思った。家族がかつてはいたのかもしれない。

「魔物どものように、強くあれば、もう何も失わない。だから、完全な、魔物に……」

そこまで言ってグンターは口を結んでしまう。

目元に深い影が落ちていた。魔物の痣と同じように、どうあっても取り去りようがない、深い影。

僕には神様やルゥがいた。でも支えてくれる人が誰もいなくて、借金まみれの時に力を貸してくれたのがもし魔物だったら——今とはまったく違っていたかもしれない。

強さを目指すのと、弱さを憎むのは、似ているけれどきっととても近い。

グンターは、かつての弱さを憎んだ。

「……今は、叔父が領地を運営してる。私の行為は、詳しくは知らぬ。だから——『世話をかけた』とでも言ってくれ」

グンターは事切れた。

魔物達は途切れ、後は赤土の壁が僕らの行く手を塞いでいる。

角笛がかすかに震え、目指す神様がそこにいるらしきことも教えてくれる。

「どうして」

言いかけて、首を振った。

進め。迷うな。でも、こうも思えてしまう。何かが、出会いが、もし違ったら――。

「リオン」

「ごめん、ソラーナ。大丈夫だから」

情けない。こんな迷宮の奥底、ユミールを前にして、目の前が滲むなんて。

もしこの人が魔物じゃなくて、ソラーナのような神様と出会えていたら。

遺灰じゃなくて、『白い炎』と出会っていたら。

そんな風に思われることさえ、グンターには受け入れがたいことかもしれないけど。

「……迷いを認められることも、強さの一つだとわたしは思う」

僕は目元を拭い、前の壁へ歩いた。

〈目覚まし〉、そして『封印解除』可能な光が、そこに宿っている。

ユミールという脅威も、ヘイムダルという希望も、どっちもこの壁の向こう側にあるんだ。

「お兄ちゃん、この先」

「ああ。行こう」

僕は壁に近づいた。

原初の巨人

Gjallarhorn
awakening the Gods

　僕が壁に向かうと、風鳴りのような唸り声が聞こえた。声は、広いホールに反響して、空気ごと僕の体を揺らしてくる。

　ルゥが胸に手を当てて叫んだ。

「この先に、ユミールがいます」

　僕は顎を引く。神様やミアさん達、それに鴉の戦士団がルゥの前に出て、守ってくれていた。

「ルゥ、離れていて」

　壁に手を当てて、スキルを起き上がらせる。ソラーナが僕の隣に舞い降りた。

「気を付けろ……」

「うん――目覚まし！」

　分厚い赤土の壁。

　縦に亀裂が走った。大きく深い裂け目は、一枚の壁だったものを、まるで左右に開く巨大な門みたいに切り分けている。

　石音と土煙を立てながら、壁が左右に開いていった。

開いた隙間から冷たい風が吹き込む。息が凍りそうなほど寒くて、腕で顔を庇った。

「みんな」

仲間へ振り返る。黒いローブの魔神ロキ、青鎧の薬神シグリス、狩装束の狩神ウル。ミアさんは鎖斧を握り直し、フェリクスさんは杖を地面につき戦士団に素早く指示を出していた。

みんなに守られていたルゥが、一歩前に出る。

「何か、聞こえるよ……」

妹の体を赤黒い光が包み込んだ。輝きはまるで拍動するかのように明滅する。どくん、と心臓の音が響いていた。

「呼ばれてる、みたいに……！」

「まずい！」

魔神ロキがローブの手を伸ばす。ぱちんと指を鳴らし、何かの魔法を使ったのかもしれない。ルゥの体を一瞬だけ紫の光が包むけれど、ロキの魔力は心音と共にかき消された。

光はさらに拍動する。頭が痛いほど、鼓動の音が大きい。

「ルゥ！」

赤黒い輝きが眩しいほどに強まり、妹からみんなを弾き飛ばす。爆発といっていい勢いだ。

あ、と呻きを残して、ルゥの体が浮き上がった。僕が『封印解除』した壁に向かって、飛んでいく。

「だめ！」

妹が伸ばす杖を掴んだ。けれど、引っ張る力がもの凄い。僕は引き離され、巨大な手でむしり取られたみたいに、妹の体が遺跡の奥へ飛び去っていく。

神様の力でも、対抗できてない!?

「ソラーナ、追おう！」

女神様だけは僕の側にいて、光の激発に巻き込まれなかった。すぐに飛び出してくれる。

「ああ！」

とにかく今は、ルゥを見失ってはいけない。妹を追って、女神様と長い通路を駆け抜ける。みんなといた大部屋がみるみる遠ざかった。それでも角を曲がり、大部屋を超え、さらに走る。

進む先から唸り声が響いてきた。

――オオオォォオオオオオ……。

呼応するように、背後から魔物の叫びが轟く。通り過ぎた大部屋に、魔物がやってくる気配がした。

退路、塞がれてく……！

「ユミールが、彼女を引き寄せている」

僕と並んで飛びながら、ソラーナは言った。

「『創造の力』はユミールの核となる力だ。ゆえに元いた体――ユミールのほうへ戻ろうとしている」

「そんな……」

僕はぎゅっと口を結んで、必死に足を動かした。見失うわけには絶対にいかない。

「落ち着いて。ユミールを倒せる好機でもある」

「わかってるけど……！」

　ソラーナがはっと顔を上げた。

「この先からかすかにヘイムダルの気配もする。だが、弱い……」

「遠いの？」

「距離だけではない。神話時代も、ユミールがいたということは激戦。ヘイムダルはきっと傷を負っている。致命傷でなければいいが……」

　新しい不安材料。でも、もう後には引けなかった。

　倒れかけた柱があって、妹を包む光球がそこにぶつかった。ルゥの悲鳴。柱の方が砕けて瓦礫が降り注ぐ。僕は、とっさに避けきれず額が切れた。

「……ルゥっ！」

　心臓を掴まれたような恐怖。ルゥのかすれ声がした。

「お兄、ちゃん」

　まだ無事のようだ。噛み締めた唇から血の味がする。

　けれども、柱にぶつかったせいでルゥが奥へ引き込まれる速度が緩んでいた。足に力をこめて加速する。僕は瓦礫から跳びあがり、壁を蹴って、ルゥへ飛びついた。

　空中で妹を抱き寄せる。

「もう平気だよ。離さないから」

　ソラーナも追いついてきて、僕とルゥの肩を抱いた。

「うむ。私も、この光に抗えないか、やってみる。母さんから受け継いだ、太陽の力だ」

ルゥが僕を見て、強く手を握り返した。頷くと目に浮かんだ涙が散る。

「……うん！」

やがて、僕らは氷のホールにたどり着いた。天井は高くて、一〇メートル以上はあるだろう。そして四方の壁は淡く光る氷に覆われていた。

薄暗い。

さっきまでの通路は天井が光っていたけれど、ここではそうした機能が失われているんだろう。薄闇を照らすのは、魔法の氷が放つかすかな明かりだけだった。

部屋の、最奥。

荒布装束をまとった、一人の大男が目を閉じている。氷をまるで椅子のようにして、半ば埋もれながら、二メートルを超える巨体が待っていた。

目がゆっくりと開いていく。赤の瞳が滞空する僕らを見ていた。

氷を砕きながら、巨体が身を起こす。分厚い体の内側で、筋肉がうねっているのがわかった。体から赤黒いもやが放散されて、縮れた金髪が燃えるようにたなびく。

「ユミール……！」

大木のような腕が、僕らへ伸ばされる。手招き。光に包まれたルゥが、巨体に引き寄せられる。

僕らを抱き寄せながら、ソラーナが魔力を放つのが分かった。

「だめだ……！」

太陽の輝きが強まり、ユミールが目を覆う。黄金の光がルゥを包む赤光りを吹き消した。

浮遊感が消えて、僕らは床に降下する。僕はルゥの体を抱きとめた。

ユミールは不思議なものを見つけたように、眉間に皺を寄せる。

巨人が立ち上がった。二メートルほどだった体が、黒いもやにつつまれて、少し大きくなる。

女神様が僕らの前に降り、告げた。

「魔力に応じて、この巨人も大きくなっている……」

体を包んでいた黒いもやが、赤黒い光に変わって、やがて燃えた。焼け落ちる荒布装束に代わり、相手は腰や肩といった関節部に炎を衣服のように纏いだす。

周りの氷を溶かしながら、原初の巨人が踏み出した。

部屋を揺るがし、徐々に大きさを増しながら、最大の敵が間合いを詰めて来る。

「ルゥ、走れる……？」

「少しなら」

度重なる状況変化に、ルゥは肩で息を切らせている。杖で、なんとか体を支えている状況だ。もともと体が強くない。

女神様がルゥを抱きかかえる。

ユミールが手招きをしても、女神様の黄金の光が、太陽の明るさが抗った。ルゥを引き寄せようとするユミールと、抗うソラーナが、視線をぶつけ合う。

僕は二人を守るように前へ出た。

「ユミール！」

『黄金の炎』をかけ直す。〈狩神の加護〉を使うと、目が潰れそうな赤光。

「怖いな、これ……」

青水晶の短剣を握る。逃げろ、逃げろと本能が絶叫した。

思えば、なんて関係ない思考が始まってしまう。

僕はどうしてこんなところに立っているんだろう。つい少し前は、借金に苦しんで、暮らすのが精いっぱいで、ゴブリンにさえ苦戦していたのに。

「う……」

足が勝手に後ずさる。

原初の巨人は僕を見下ろしていた。その体はじわりじわりと大きくなり、炎をまとった全身が、深い穴のような目が、僕に無限大の絶望を叩きつけてくる。

僕は短剣を握り直し、上を向いた。心が怖がってる。でも、体は冒険者として生きてきたとおり、鍛錬してきたとおり、めげずに前を向き続けてくれた。

空気を震わせて、声が降る。

「……お前の気配」

ユミールが言った。

「似たものを、喰らったはずだが」

赤い瞳に見下ろされて、心が冷えた。父さんのことを言っている。父さんの体が腕に貫かれた情景が、思い出すなと言い聞かせても、脳裏に浮かんだ。

「お前も喰らう」

ユミールは続ける。

「勝てぬ」

「そうかも、しれない」

歯を食いしばって敵を睨んだ。

「だからこそ、僕は独りでは戦わない」

僕らを追いかけてくれる仲間がいる。ソラーナがルゥを守ってくれてる。この迷宮には、神様へイムダルが希望として待ってくれている。

「お前がどんなに強くても、一人じゃたどり着けない強さもある」

呼吸を整える。会話で時間を引き延ばして。

何度もやってきた構えが、気持ちを落ち着かせてくれた。

僕は父さんと同じ冒険者じゃないか。

「ユミール、僕が相手だ」

立ちふさがる。相手のほうが、見上げるほどに大きいけど。

ソラーナの声がした。

「リオン……！」

「女神様は、ルゥを連れて奥へ」

「だが――」

「巻き込むから！」

僕はソラーナへ向けて微笑んだ。

「ルゥを、お願い」

ユミールが踏み出し、拳を振るう。

絶対に受けちゃいけない――！　直感のまま飛び退いた。拳が床を穿つ。破片さえ飛ばず、床が拳の形に陥没していた。

巨人はさらに大きさを増し、六メートルほどになっていた。

「今、正面から戦うのは危険だ！」

女神様は床を歩くルゥを抱き支えながら、少しずつ距離を取っている。ユミールの引き寄せに抗うから、飛翔できないいんだ。

「わかってる」

時間を稼いで、神様を、ヘイムダルを目覚ましさせないといけない。この魔物に対する勝ち筋はそこだけだ。

ポーチで、角笛はかすかに震えている。本来の持ち主がきっと近くにいるんだ。

部屋の四方の壁。そのいずれかを『封印解除』すれば、ヘイムダルの場所へ至れるかもしれない。ただ、相手はユミールだ。道に迷ったりなんてしたら、絶対に、目的地に着く前に殺される。

頭に女神様の声が響いた。ルゥを逃がしながら、僕にも声を届けてくれているのだろう。

『ヘイムダルは壁を何枚も隔てた向こう側だ。階層は同じ、しかし、まだ正確な方向が掴めない。かなり弱っているな……』

ユミールが両手を掲げた。頭上に赤黒い炎が生じ、瞬時に特大の炎弾になる。僕らの家があの球の中に入ってしまうほどの大きさだ。

閉鎖空間で、逃げきれない。部屋の外へ出ようとすれば、逃げているルゥ達を巻き込む。

ユミールが炎弾を投じる。崩れた瓦礫の裏に走った。凄まじい熱波が吹き荒れる。

「まだだ！」

熱気が残る中、僕は瓦礫から這い出てユミールを睨み上げた。ルゥから注意を逸らさないと。

ふん、と巨人は鼻を鳴らして、また手招きした。部屋の出口近くにいたルゥが、再び赤黒い光に囚われる。妹の悲鳴が聞こえ、僕はユミールへ駆けた。

「目覚まし！」

風の精霊《シルフ》による突風。でも六メートルほどの巨人は、まるで大岩のように微動だにしない。

「なら……！」

震える短剣を構えて鎮めて、神様の力を起き上がらせた。

〈雷神の加護〉を使用します。

『ミョルニル』……雷神から、伝説の戦鎚を借り受ける。

短剣が雷をまとう。それは見る間に巨大化して、青白い雷光で象られた巨大な鎚になった。鍛錬の間に、僕とトールはこの能力を互いが離れていても使えるように鍛えている。トールが持つ本物並みの威力を持った、雷光で象られた大鎚だ。

叩きつける。

落雷のような轟音が起き、天井から氷の粒が落ちてきた。

巨体はわずかに腰を屈めて、右腕で必殺の大槌を受け止めている。一瞬だけ、この巨人を止めた。でも、一瞬だけ。

「これでも、下がらない……？」

僕はユミールの足元で動き続ける。拳。足。どれかを喰らっても致命傷だ。それでも注意を引き続け、味方が到着するまでの時間を稼げるから。

短剣で打撃をいなし、突風で熱波を防ぐ。

僕は『黄金の炎』の力に任せて、壁を駆け上がり、広い背中に飛び込んだ。すれ違いざまに脇腹を切りつける。流れ出る赤黒い血に、巨人の目がつり上がった。

「おれの下で、うろつくな」

柱のような腕が打ち付けられる。それは床と氷を砕きながらこっちへ滑ってきた。

「リオンっ！」

ソラーナが悲鳴。僕は吹き飛ばされた。

何回地面を跳ねたかわからない。霞む視界。近くから、ルゥの悲鳴が聞こえる。

「ルゥ、逃げたはずじゃ……」

違う。僕が、妹達の方へ吹き飛ばされたんだ。

一瞬の隙で、ユミールがルゥを攫おうとしていた。赤黒い光に包まれ浮き上がった妹の体が、ぐばりと開いたユミールの口へ飛ぶ。

「待てっ！」

全力で跳ねた。ユミールの顔に向かって短剣を突き刺す。頬に穿たれた穴から血が滴った。ソラーナがルゥを抱きかかえ、僕は安堵する。

ユミールの大口がすぐ目の前にあった。

がちんと噛み合わされる歯を、すんでで回避。巨大な胸板を蹴って距離を取るけど、テーブルサイズの足が僕を捉えた。

「かっ――」

声、出ない。肺が、骨が、体がバラバラに砕けそう。感覚がないまま地面を転がり、ソラーナに抱き起こされた。傍にはルゥもいて、青白い顔で僕を見つめている。

立とうとする僕を、ユミールの巨大な目が眺めている。相手の大きさは、もう八メートルほどになるだろうか。

「その強さは」

起き上がり、短剣を構えた。

〈太陽の加護〉、『白い炎』で最低限の傷を癒し、『黄金の炎』をかけ直す。

「まだだ、ユミール」

巨人の口から、言葉が出かける気配がした。それを、僕が何より聞きたかった声が塗りつぶしてくれる。

「リオン！」

ミアさん達と、神様達の声。ホールへ通じる通路に、みんなの姿が見えていた。

ユミールが忌々しげに息を吐き、左手に氷塊を、右手に炎弾を生み出す。通路に向かって投げつけると、天井の崩壊が始まった。煙でみんなの姿が掻き消える。

巨人は咆哮をあげた。ほとんど空気の壁を叩きつけられたようなものだ。ソラーナが庇ってくれなければ、僕もルゥも弾き飛ばされていただろう。

仲間がいた薄暗い通路ではもうもうと土煙が立ち込めている。反響する雄叫びに交じって、魔物の声も聞こえてきた。

「ユミールがこの場に魔物を呼んだ」

女神様が囁く。

「敵も焦っている。そも、『創造の力』を横取りされることを恐れ、ここに魔物を集めなかったはずなのだ」

グンターが言っていたことを思いだした。敵にある不信が、僕らの寿命をほんの少し延ばしたのかもしれない。

塵煙から炎弾が飛び出す。それはユミールの顔にぶつかって爆ぜた。

「こっちだ！」

フェリクスさんが叫んでいた。細目を見開いて、ユミールの注意を引いてくれる。ユミールが右手を振ると、もやの中から巨人兵が姿を見せた。天井に穴が開いて、細長い柱のようなものが何本も現れる。地面に潜る魔物——ロック・ワームだ。開いた穴からこっちへ落ちてくるのは、ゴブリンやコボルトといった小型魔物。

「魔物を、集めてる——！」

僕らの味方を、敵の増援が足止めする。ホールにも大量の魔物が流れ込んできた。

「地上と同じ程度の数を、この階層に残していたのかもしれぬ……」

ソラーナが呻いた。このホールにもどんどん敵が増えていく。それらを従えて立つ、今や全長八メートルになったユミールは、魔物の王だ。

僕はまだ動けない。仲間もルゥも危ないのに、叫ぶしかできないなんて。

「ミアさん！　みんな！」

ユミールが火をまとった右手を掲げるのに、ソラーナが顔を青くする。

浮かぶ女神様にユミールの手が振り抜かれる。女神様は僕とぶつかって、一緒になって転がった。

ルゥだけがユミールの前に残され、大きな手で掴み上げられる。

小柄な妹は、巨大になった相手の手で軽く握られてしまうほどだった。

「さて」

ルゥの体が金色に輝いた。魔力が――スキルの光が妹の体から放散される。光の粒がどんどんルゥから離れて、ユミールの口に吸い込まれていく。

喰ってるんだ。ルゥにある能力を。妹の体からどんどん力が抜け、ぐったりしていく。指から、からんと杖が落ちた。

唸り声をあげる何かが、ユミールの手に向かって飛びかかる。

「ギギギ……」

「ガァ！」

ゴブリン、コボルトといった小型魔物。目を血走らせて、ルゥから漏れ出る光を手で掴み取ったり、口に含もうとしている。まるで餌に群がる昆虫だ。

ユミールが目を怒らせて、手で小型魔物を振り払う。妹は床に転がされた。『創造の力』は、他の魔物をも引き寄せるものなのかもしれない。ユミールは横取りを、やっぱり恐れてる。

「おれのものだ。おれの、心臓……！」

狂おしいほどの渇きを感じた。ユミールは、ルゥの光に群がる魔物を、味方だったはずのものを、振り払う。

何十体もの小型魔物を灰に変えた後、ようやくユミールは口を開いた。床にうつぶせに倒れたルゥから漏れ出る光が、またユミールの口に向かい始める。

「あ……」

ルゥが呻いた。僕は這いながら妹の体へ向かう。

直後、ユミールの横面に鎖斧が叩き込まれた。輝く矢が追撃する。巨大な目がぎょろりと横を向いた。

「悪い、遅れた！」

ミアさん達が敵の増援を抜けてきた。神様も、フェリクスさんもホールへ走ってくる。みんなボロボロだったけれど、それでも、僕らとユミールの間に立ちふさがる。

狩装束の神様、狩神ウルが声を張った。

「ソラーナ！　ヘイムダルの気配が、南方向にある」

薬神シグリスが槍を匙に持ち替えて、僕らに向かって魔力を振りまいた。傷だらけだった体が、もう少しだけ回復する。これでまた走れるだろう。

フェリクスさんが二人の団員を指揮し、叫んだ。

「ここは我々に！」

「お前らは、先へ！」

ミアさんはにっと笑って、送り出してくれた。

「妹さんを守るんだろ？」

巨人は、もう八メートルの大きさだ。三階建てを見上げるような気持ちだろう。赤髪をかきあげるミアさん、そして杖を構えるフェリクスさんの声は震えていた。

「とはいっても、相手が強いな――」

「神々と共闘です。贅沢は、言えないでしょう！」

ユミールが手招き。ルゥを赤黒い光が包み込むけど、ソラーナが妹を地上で抱き寄せた。黄金の光が、赤黒い輝きに打ち克つ。

「怖い思いをさせた。すまない」

女神様の言葉に、ルゥが首を振った。僕は妹の手をとる。

ここには残せない。

「走るよ、ルゥ!」

ホールの壁に向かって駆けだした。

「目覚ましっ」

封印もろとも壁が裂けて、次の通路をさらけ出す。

後ろから轟音が連鎖する。追いすがろうとするユミールを、神様みんなと、ミアさん達が押しとどめる。ミアさんの鎖斧がユミールの右腕に巻き付くけど、巨体はそれを容易くちぎった。

「くそっ」

ミアさんの舌打ち。開きかけの壁を打ち破って、大通路を巨体が追ってくる。

僕らが角を曲がった瞬間、壁に炎弾が打ち付けられた。

「ヘイムダルの気配が近い」

ソラーナが、ルゥを抱きかかえてくれる。女神様の金髪も体にまとう帯も、焦げ跡だらけだ。

「次の角を左、そのあと、ずっと直線だ」

目の前を壁が塞いでいる。でも、封印解除が可能な光は、ここでも強く放たれていた。まるで『俺はこっちだ』と告げるみたいに。

「目覚ましっ！」

　壁が砕ける。

　開けた通路だけど、赤土の壁や天井に次々と穴が開いてロック・ワームが出てきた。同じ穴から小型魔物もこぼれ出て来る。

　上下左右から迫る魔物の波にのまれないよう、走るしかない。

「もう少し――！」

「お兄ちゃん！」

　宙を滑る女神様に抱きかかえられたまま、ルゥが後ろを指した。ユミールが大きく腕を振りかぶる。

　投げつけられたのは岩塊だ。ルゥを引き寄せられないと知って、直接、宝箱を開けようと――ルゥを壊そうとしてる？

　ソラーナが光を打ち付けて岩を砕くけれど、巨体はもう目の前に迫っていた。他の魔物だって追ってきてる。

　ルゥが自分の胸に手を当てた。

「女神様、私を下ろして、魔力を貸してもらえますか!?」

　床に降りたルゥは、すぐに目を閉じる。敵の前でそうするのって、すごく勇気がいるはずなのに。

　妹は両手を前に出した。添えられたソラーナの手のひらから、黄金の魔力が溢れる。

「能力『創造』よ」

ルゥは言った。

「お兄ちゃんを、守って」

ユミールの進路を塞ぐように、鉄格子がはまっていた。一〇メートルほどの天井にまで届く、太くて頑丈な鉄の檻だ。人間なら隙間をゆうに抜けられるけど、巨大なユミールは壊すしか手がない。

「おれの、力を……！」

ユミールの打撃で鉄格子がひしゃげる。それでもルゥの意思が宿ったみたいに、なかなか格子は崩れなかった。

「お兄ちゃん、今のうちに！」

「う、うん！」

妹がこんなに頑張って、勇気が出ないなんてこと、ありえない。

ユミールが格子を破ってくる。その後ろにはミアさん達が追いついてきていた。魔法や矢がユミールの背中にぶつかり、砕ける。

長い直線に出た。

忌々しげに唸りながら、ユミールは加速。一歩、二歩、巨体で瞬く間に間合いが詰まる。

振り抜かれた腕を、僕は短剣でいなした。

吹き飛ばされる。けど受け流した衝撃を、前に進む力に変えて、僕は走った。吹き飛んでいるのか、足を回しているのか、自分でもわからない。

確かなのは、ポーチにある角笛の震えだ。

神具が急げ、急げと叫んでいる。

追撃の氷弾が壁に叩きつけられ、土煙の中からなんとか這い出た。

「リオン、きっと次で最後の壁だ！」

ソラーナが障壁を張って、ユミールからの攻撃を防ごうとしてくれる。

「僕より、ルゥを！」

「だが、君は……」

「いいから！」

額から流れる血を拭う。最後の壁の前に立っていた。霜が下り、冷え冷えとした赤土の壁に両手を当てる。

「目覚まし!!」

最後の封印が解かれた。

僕らが入ったのは、異様に天井が高い空間だった。無数の魔物が壁際で氷漬けになっていて、部屋の中央には赤い鎧を着た男性が地面で膝をついた姿勢のまま凍っている。

ソラーナが呟いた。

「ヘイムダル……」

神様は傷を負っているようだった。原初の巨人にしてみたら、もしかしたら倒したつもりだったのかもしれない。

でも、角笛が強く震えている。この神様は傷だらけの状態でも、まだ力を残しているんだ。

ユミールが吠えながら部屋に入ってこようとする。追いついた神様とミアさん達がその前に立ちふさがった。みんなも、手負いだ。

ロキが叫ぶ。黒いローブが見る影もなく破れていた。

「リオン、角笛を……！」

一瞬、ユミールの顔に疑問の色が過った。

トールに言わせれば、大昔、人間と神様はここまでの共闘をすることはなかったらしいから。

「お願い……！」

角笛に息を吹き込む。空間を満たす輝き、そして、力強い音色。神様ヘイムダルを包んでいた氷にヒビが入った。僕は目覚めた神様に呼びかける。涙がこぼれた。

「ヘイムダル！」

氷が完全に砕け散る。ボロボロだった神様は、ゆっくりと立ち上がり、僕をなでてくれた。

頭に置かれた手から温かい力が流れ込んでくる。割れた氷が強く光っていて、逆光で神様の顔立ちはよく見えない。でも口元は、微笑んでいるように思える。僕は促されたのを感じた。もう一度、角笛を吹けって。

ヘイムダルの魔力を感じながら、僕はもう一度目覚ましの角笛《ギャラルホルン》を吹き鳴らす。角笛にさらなる魔力が通い、高い天井に響きながら目覚めの音を強めていく。

「角笛の音が、反響してる——？」

ルゥが息を漏らすのに、応じるのはソラーナだった。

「ヘイムダルが信徒と共に隠れていた迷宮だ。この空間も、神具の効果を増幅させている。本来の力のとおり、遠く離れた他の迷宮にいる神々にも音色は届いていくだろう」

奏でられた角笛の音が僕らの周りを満たしていった。

「わたし達神々も、リオンに力を貸そう」

両手を広げたソラーナを、黄金の魔力が包み込む。魔力は女神様の体から少しずつ放たれて、空間に溶ける。そして魔力の分、角笛の音は強まった。ロキが声を張る。

「僕らもやろう！」

ロキからは紫、ウルからは緑、シグリスからは青の光が空間に放散されていった。

原初の巨人、ユミールが叫ぶ。体はさらに巨大になり、大ホールの天井をも超えてしまいそうだ。高さは一五メートル、それとも二〇メートル……？

でも、不思議なほど怖くはない。

迷宮の天井が崩れて、七色の光が流れ込んできた。


鎚ミョルニルを大蛇の頭に振るって、トールは戦いの手を止めた。ユミールの魔力によって空は黄昏に染まっている。

地平線に七色の光が見えた。光は空中で合流すると、黄昏の遺跡、その近くに突如として開いた穴いる。光の旗が空から黄昏を押しのけていた。

トールが見上げる空には、オーロラがはためいていた。世界各地からこの場所に魔力が集められて

「地上の迷宮に、角笛の音が伝わったか」

に流れ込んでいく。

「どうする?」

雷神は口角を引き上げて、共に満身創痍となった大蛇を見返す。

「お前らの言う人間の少年が――リオンが、やってくれたぜ」

かつての王都でも、角笛の効果が及ぶ範囲で神々が目覚めた。今起きているのは、角笛の持ち主へ

イムダルと、その本拠地がもたらした、効果範囲の拡大である。

「ヘイムダルがいたとして、これほどの力は残っていないはず……」

「なら、リオンが吹いたのだろう」

「まさか」

「リオンは魔力を宿しやすい。ヘイムダルがあいつの〈目覚まし〉を強め、ソラーナ達もリオンに魔

力を貸した。なら、かなりの魔力が、本来の力を取り戻した角笛に流れ込んだことになる」

世界蛇《ヨルムンガンド》に、トールは笑ってやった。

「それにあいつは誓いを貫く男だ。つい、手を貸してやりたくなるのさ」

トールは太い親指で自分の胸を示した。

虹色の光は、遠く離れた湖や、鉱山、雪原、世界各地に点在する迷宮から伸びて、上空で合流。目

覚めた神々の魔力を少年に届けていた。

「まだやるかい」

荒野には快哉が満ちていた。王女パウリーネがいる本陣でも、奮戦が実り魔物を押し返している。

「リオン、英雄になってみろ！」

トールは大蛇を打ち払いつつ、遺跡に向かって笑い声をあげた。雷に焼かれ大蛇が砕けゆくのを、雷神はもはや目で追いさえしなかった。


虹の光に包まれながら、僕はスキルを起き上がらせる。王都の時と同じ七色の光が、胸から熱さを湧き上がらせてくれた。

「お兄ちゃん……」

隣でへたり込んだルゥが見上げている。僕は短剣を握り直し、巨大な影を睨み上げた。

〈スキル：太陽の加護〉を使用します。
『太陽の娘の剣』……武器に太陽の娘を宿らせる。

ポケットから、ソラーナを宿す金貨が跳ね上がる。それは短剣に張り付いて一体と化した。

七色の光が、僕の手元に向けて収束。刀身が燦然と輝き、迸る光を強く、高く、そびえさせていく。

光の剣は、巨大なユミールに匹敵する大きさだった。

『世界中の神々が、角笛で一時的に目を覚ました。王都の時のように駆けつけてくれるわけにはいかぬが』

女神様は言葉を切る。

『代わりに、魔力を与えてくれる』

黄昏の空を貫くような光の剣が、僕の短剣から生まれていた。狙いは、天井から外へ抜け出ようとする巨躯。

その顔つきは不気味なほど無感情で、僕の心を覗き込んでくるかのようだった。

――おれを、その光で貫くのか。

ユミールの笑い声が聞こえた気がした。原初の巨人が手を伸ばす。周りの仲間も、神様も、叫んでいるはずなのに、光と音がすごくて何も耳に届かない。

――おれを倒しても、魔物か、人か、何者かがいずれ、おれの力を求める。

暗い声が頭に響いていく。

――お前、それほどの強さを求めたならば。

声が続けた。

――おれの力を喰らい、引き受け、魔物を統《す》べる力を持つのはどうだ？

ぐばりと巨人の口が開く。

――共に、さらなる強さを、最強の中の最強を目指そう。

ユミールの巨大な目が僕を見つめている。瞳は、まるで深い穴だ。底知れない何かが僕に呼びかけて、誘い込もうとしている。

神話の時代、神様はユミールを倒した。けれども終末の時に復活したという。ユミールが一度は倒されたとしても、甦った理由は……。

「こうやって、誰かを誘ったから？」

別の巨人。あるいは別の神様。こうして誘惑された誰かがユミールの力を引き継ぐ。

力を引き受けることは、いつしか、この巨人と同じになってしまうことのように思えた。今の姿も、誰かに宿った後――こいつの言う『喰らわれた』後、その誰かを逆に乗っ取ってしまったということなのかもしれない。

『リオン……？』

女神様の声。僕は、ユミールへ首を振った。

「あなたを食べて自分のものにするより、僕は……」

ソラーナの存在を両手に感じながら、光の剣を高く振り上げる。

「神様と、みんなと、一緒にいたいと思う」

みんな食べてしまったら、最後は独りになってしまう。

原初の巨人へ、僕は『太陽の娘の剣』を打ちつけた。膨大な光が奔り、まばゆい飛沫が舞う。ユミールが雄叫び。巨眼に戦意が燃えた。叩きつけられる腕を、女神様と僕の剣が押しのける。

僕らの声は互いの間に響きあった。

光が薄れ、消える。

音がない。

頭の奥も、体の芯も、じんと痺れていた。涼しげな響きを残し、短剣から金貨がはがれる。

誰かが僕の手を握った。

「……お兄ちゃん？」

僕は、へたり込んでいることに気づいた。

横へ顔を向けると、ルゥがいる。崩れた天井から、空が見えた。

色は――青い。

迷宮深部から地上付近まで続く大ホールは、天井に穴が開いて、太陽の光が差し込んでいる。

「ユミールは……」

言いかけて、気づいた。原初の巨人は、壁際に横たわっている。すでに元の二メートルほどの身長に戻り、岩のような足も、大木のような腕も、黒い灰へと変わりつつあった。

空の色が戻ったせいか、外から快哉も聞こえる。激闘が終わった大ホールを、陽光と歓声が満たしていく。

「お兄ちゃん、体は……」

「大丈夫。帰ってこれたよ」

妹の頬をなでてやり、笑いかけた。誓いも、家族も、守れたんだと湧き上がる安堵が告げていた。


涼しい風が吹き込んで、僕の頬を撫でていった。暴風のようだった巨人の呻りも、地割れのようだった揺れも、今はない。僕らを包んでいた神様達の魔力も消えて、穴の底は静かになっている。

僕はゆっくりと立ち上がった。

新たなる神様が僕を見下ろしている。涼しげな目元と温かい微笑みは、ほんの少しだけ父さんを思い出させた。

「やぁ」

呼びかけられても、僕は言葉が出なかった。両手で握ったままの角笛が、陽光を眩しく弾き返す。

目の前に立っているのは、目覚ましをした最後の神様。

赤い鎧に、大きな体。赤毛の混じった黒髪が差し込む朝日に照らされている。

大きな手が頭に載せられた。王都で感じた気配の何倍も強く、〈目覚まし〉の力を感じる。当然だ。あの時ははるか遠くの気配を感じたに過ぎなくて——今、この神様は氷から目覚めて前にいる。

「あなたが……」

なんとか喉を震わすと、神様は大きく頷いた。

「ありがとう、正しい心を持った少年」

響く声は、王都の時と同じで。やっと会えたんだと僕は思えた。

「俺はヘイムダル。目覚めの力を持つ神だ」

「僕、リオンです。こちらこそ……」

僕は、どうしてだか胸を張らないといけない気がした。ユミールは倒せたけれど、それって、僕だけの力じゃない。

神様やミアさん達、戦士団、何よりも父さんがいたからだ。だからこそ、堂々としなきゃ。

ソラーナが金貨から飛び出して、ゆっくりと地面に降り立つ。女神様もかなり力を使ったはずだけど、立つのがやっとの僕よりか、よほど元気そうだった。

ヘイムダルは笑みを深める。

「久しいな、太陽の娘。そして、礼を言わせてくれ」

「うむ……互いにな。わたし達は、かろうじて打ち勝てたようだ」

神様達の視線が、ユミールが倒れた壁際へ向かう。

すでに黒い灰がたまっているだけで、それも吹き込む風に溶けていく。

落ち着いてヘイムダルをよく観察すると、ひどく傷ついていた。赤い鎧は装甲がいくつも外れ、巨大な傷が胴鎧に走っている。太い首や手足も、無事な部分がむしろ少ないほどだった。

こんな激戦を経た姿のまま、長く封印されていたのか。立って話していられるのが、不思議なほどだ。

「リオン、君のことは見ていた」

「僕を……ですか？」

「王都で吹いた角笛の音が、ここまで届いた。君ならばいつか俺のところに来てくれると信じていた」

そして、とヘイムダルは言葉を継ぐ。

「俺を目覚ましして、ユミールを、封じてくれた。俺の残された力だけでは、とうてい、角笛の音を世界中に響かせることなどできなかっただろう」

壁際で、カサリと乾いた音。

ユミールが遺した黒灰が崩れ、赤黒い宝珠が現れる。大きさは赤ん坊くらいだろうか。

仲間や神様がどよめく中、ミアさんが口を曲げた。

「魔石か」

それは魔物の力を、つまり魔力を封じ込めたものだ。

ユミールが遺した魔石は、巨人の遺灰にも似て、不吉な気配が放たれている。

頭上で鴉の鳴き声。降り注ぐ陽光の中、一振りの槍が突き進んでくる。

槍は魔石のすぐ傍に突き刺さった。冷たい風が巻き起こり、魔石が氷で封じられる。これは、封印の氷だ。

厳かな声が大穴に響き渡る。

「勝利したか」

上空から、人影がゆっくりと降りてくる。

「オーディン……」

穴底に立ったのは、灰色のローブを羽織ったオーディンだった。槍を杖のようについて、ユミールの魔石の前に立つ。

「原初の巨人め、こやつも魔石を残したか……」

封印の氷に包まれてなお、赤黒い魔石は怪しく光っていた。今まで見てきたものよりも、力を秘めているように感じる。

オーディンは左手で槍をついたまま、右手を氷にかざした。しばらく目を閉じていたけれど、やがて静かに頷く。

「だがすでに、世界中で封印が力を取り戻している。当面の脅威は終わった」

僕だけじゃなくて、神様達も、ミアさんやフェリクスさん達も安堵の息をついたと思う。オーディンはこちらに振り返る。

「おかげで、私もこうして再び地上に降りられた」

戦いは終わり。でも、みんな、緊張を完全に解いてはいないと思う。

オーディンは『当面の脅威』といった。

僕だって、ユミールが遺した魔石が気になる。これで危険が去り切ったとは思えないもの。

ルゥ達から離れて、氷とオーディンに近づいた。

「最後、誘われた気がしたんです」

赤黒い魔石から、まだ声が聞こえるかのようだった。『おれの力を得てみないか』って。

オーディンは白く長い髭をなでる。

「前回の戦いでも、死んだはずのユミールは、復活を果たしている。それはこうして力を残し、次の者に乗り移ったのかもしれぬな」

それは、僕の推測と同じだった。

「他の存在に宿り、次いで、内側から喰らって支配する――類のない力だ」

主神の言葉に、ルゥが息をのんでいた。

「もう一度、現れるかもってことですか……？」

灰色の目で、オーディンは氷に包まれた魔石を見つめる。僕は問うていた。

「魔石、砕くことはできないんですか？」

「この魔石は器に過ぎない。器を砕いても、宿った魔力は消えない。別の器に流れ込むだけだ」

ふと気づいた。

魔物を倒して、魔石を得る。魔石にこめられた魔力は、魔法や、調合など、色々なものに転用される。僕らが行うレベルアップも、思えば体が魔力を吸収して起きるものだ。

「……魔石を壊せば、この中の誰かに、あのユミールの魔力が流れ込む？」

そして、やがては巨人に乗っ取られる。

「君が耳にしたのが、その誘いということだろう。今、この封印の氷を解き、移動させようとしても、同じことが起ころう。原初の巨人は、別の人間に魔力を流し込もうとする」

僕はユミールを倒した者として、その魔力を、引き受けかけていた。原初の巨人ユミールは、わずかな魔力だけになっても意識を失わない、そういう、恐ろしい存在なのだと思う。

冷たい手に首を掴まれたように、ぞくりとした。

「世界で最初の生き物か……」

神様から見せてもらった、神話時代の光景を思い出す。そこでは、ユミールは魔力以外に何もない空間から、『創造の力』で生まれた。

でも、もし創造がスキルであったならば。

スキル《それ》を行使した意思が、どこかにあったはずで。

ユミールの肉体を滅ぼしたり、魔石を砕いたりしても、意思までは滅ぼせない。だって、その意思は肉体も、大きな魔力もない状態で、そもそも生まれたものだから。

人を惹きつける怪しい輝き。僕も、ミアさんやフェリクスさん達も、それから目を離せない。

オーディンは僕を見て、目を細めた。口元が緩んでいたから、ようやく微笑まれたのだとわかる。

「絶望ではない」

主神はみんなの方へ振り返る。

「むしろ希望だ。ユミールがこれほど弱まったことは、かつて一度もない。恐ろしい特性があろうと、今は、一塊の魔力に過ぎない」

斜めに差し込む陽光が、穴の中を明るい部分と暗い部分に切り分けていた。ユミールの魔石は、暗がりの奥で淡く輝きながら佇んでいる。

「考えがあるんですね？」

僕が聞くと、オーディンはルゥへ目を向けた。

「今よりもさらに強い封印を施せば、ユミールは二度と目覚めることはあるまい。封印を強めた後ならば天界に移動させ、そこでゆっくりと滅ぼすこともできよう。何より、ユミールを生んだ『創造の力』を、君達は守り抜いた。ユミールを生んだ力は、滅ぼすことにも使えうる。原初の巨人、最後の魔力を物質に変え、神々の力で破壊すればいい」

それには、とオーディンは続けた。

「……封印を強めるにも、ユミールを滅ぼすにも、より多くの神々の助力が、結束が、必要だ」

決戦の時、穴底に流れ込んでいた光は、すでに消えている。

「先ほどの戦いで、遠くの神々が目覚め、君に魔力を貸してくれた。だが、それはまだ一瞬の目覚めに過ぎない」

そういえば、王都の時のように、神様の姿が見えることはなかった。この場にやってきたのは、膨大な魔力だけ。

それだけ多くの神様が、遠くで眠っているということでもあるけれど。

「角笛、吹きましたけど……」

「まだ完全な目覚めではない。そこにいるトール達のように氷から抜け出るには、より近い位置で角笛を吹き鳴らすことが必要だろう」

ヘイムダルは太い腕を組んだ。

「巨人を倒す戦いは終わった。だが、次の戦いがあるというわけか」

オーディンは首肯する。

「うむ。この魔石、ユミールが遺した力さえ完全に滅ぼすためには、より多くの神が氷から抜け出る必要がある。傷を負い、力を失ったヘイムダルに代わり――誰かが、地上に残る神々を目覚めさせることが必要だ」

僕は、魔石を包む氷に手をかざす。ひんやりとした空気を感じたけれど、魔石はまだ熱を持っているようにも思えた。

「この魔石は、いわばユミールの力の結晶。引き受ける者がいなかったとはいえ、魔物を統べる力もまだここにこめられている」

もし悪い人がこれを手にしたら、また奴隷商人の再来になるのだろう。迷宮の封印を緩めて力を手に入れようとしたり、魔物を蘇らせたり。

オーディンは僕や、神々、ミアさん達を見渡して言った。

「君達の力を見くびっていた」

神様はゆっくりと、長く、頭を下げる。

「詫びよう、そして深く感謝する。しかし――全ての脅威が去ったわけではない」

どくん、と応じるように、魔石が光る。ルゥは自分の胸に手を当てた。

オーディンは厳格な眼差しで僕らを見据える。

「冒険者達よ。私からの依頼を、受けてくれるか」

僕は顎を引いた。

「神様の起こし屋、続けて、他の神様も目覚めさせます」

フェリクスさんが二人の団員を従え、一歩前に出た。

「戦士団も、この迷宮を守りましょう。悪心を持った人間が、この迷宮に近寄り、魔石に近づくことがないように」

ミアさんがじゃらりと鎖斧をかつぐ。

「リオンがやるならあたしもね」

「わ、私も！　がんばる！」

その後ろで、ルゥも両拳を作って頷いていた。妹に、思わず頬が緩んでしまうけど……。

脅威は、悪い存在は、簡単には去らない。でも僕らは決めたんだ。それでも、次の世界になんて逃げない。

大切な人から受け継いできたものだから。

守りながら、この世界で生き続ける。

僕は主神へ向き直った。僕が約束を果たすように、この神様にもそれを果たしてもらわないと。

「オーディン、約束だよ」

神様は髭の下で、口の端をちょっと持ち上げた。

「――ああ、もちろんだ。本物の英雄になったな」

オーディンはルゥの方へ手をかざす。

「トール、ウル、ロキ、シグリス」

主神は、赤い鎧の神様に目を向けた。

「そして、ヘイムダルよ」

ソラーナ以外の神様は、ふわりと空中に浮き上がる。円を描くように五人の神様が集まっていた。ルゥの体を淡い光が包み込む。やがて、妹の胸から銀色の光が飛び出した。

霜《しも》に似た、冷たい輝き。けれど炎のように揺らいでもいる。それはゆっくりと上昇し、円く集まった神様の中心に滞空した。

「これが、『創造の力』。今でも、私が持つことはもはやできぬが……」

言葉を切って、オーディンは槍をつく。

「ユミールが弱まった現在、そして神々五柱であれば、このように魔力で包んで保持することができる。いわば封印のより簡易な形だ」

どくん、と光は拍動する。抵抗し、ユミールの方へ向かおうとしたようにも見えた。

オーディンは槍の先で、銀色の光を示す。

「ユミールの魔石が残っているゆえ、そちらに飛び込もうとしている。今の状態で、魔石とこの『創造の力』が出会えば、またユミールは肉体を創造しなおし――甦るだろう」

みんなの間に緊張が走ったのを感じる。僕も、ごくりと喉が動いた。

「君達が神々を起こす間、我々は、この力を天界で守る」

主神との、約束。

神様の起こし屋、責任は重大だ。でも、それでも進みたい。

「――わかりました」

僕は顔を上げてオーディンを見つめ返す。ソラーナが僕の側に降り立った。

「君が起こし屋を続けるというなら、私も共にあろう。優しい最強を、君と共に見届ける」

「ありがとう」

女神様に応えてから、僕はオーディン達へ声を張った。

「神様達は、『創造の力』を天界で守ってください。僕達は――」

息を整えて、言った。

「ユミールの力を、誰も近づけないように守ります。そして、神様を起こして天界へ届けましょう。やがて巨人の魔石を砕けるように」

神様が約束を守ってくれるように、僕ら自身も、よくあらなければならない。

これも取引だろう。

空中に浮かびながら、トール達が僕らへ笑いかけた。

まずは雷神様が、鎚ミョルニルを肩にかつぐ。

「――わかった。やっぱりお前はでかいやつだぜ」

シグリスは、青い鎧を鳴らして一礼する。優しげな眼差しが僕らへ注がれた。

「わずかな間でしたが、あなた方と共に戦えたこと、誇りに思います」

タレ目の目尻をさらに下げて、ロキが肩をすくめる。

「君に魔法の才能はイマイチと言ったが……付け足すよ。それ以外のすべてが、申し分なかった」

狩装束のウルは爽やかに笑う。

「また、いつか。虹の橋に乗って、君なら僕らに会いに来ることもあるだろう」

自然の神様だけあって、別れも風のように爽やかだ。

ヘイムダルが最後に、口を開く。

「ではな、正しい心を持った少年よ」

光に包まれて、『創造の力』と共に神様達は天界へ去っていく。

全体メッセージが、穴から覗く空に響いた。


英雄達の活躍で、終末の魔物は退けられました。

勝利と栄光に、神々もまた人間を誇ります。


僕は角笛を握って、青さを取り戻した空を見上げる。神具の熱さは、遺された宿題の重さを僕に教えてくれているみたいに思えた。

エピローグ

Gjallarhorn awakening the Gods

朝早く、僕は出発の準備をする。

空気は少し暖かく、窓の外にはもう陽が出ていた。

王都は長い冬と短い春を終え、初夏を迎えている。開け放たれた窓から差し込む陽が、棚に置かれた金貨を照らしていた。

『リオン、鐘が鳴ったぞ！』

その金貨が、棚でぴょんと跳ねる。女神様に急かされるまま、僕は荷物をリュックに詰めていった。

「ええと、研ぎ道具、手袋、それから……」

最後に金貨を取って、ポケットに入れる。女神様が彫り込まれたコインは、笑いかけるみたいに一瞬だけ強く輝いた。

ルゥが部屋に顔を出す。

「お兄ちゃん、もう行くの？」

「うん！」

妹は、神官服の姿だった。元気になってからも、毎日、オーディス神殿で魔法の練習を続けている。

体を蝕む原因だった『創造の力』は失われたけど、ルゥのスキル〈神子〉には魔力を操る力――つまり、魔法を使う力が残されていた。

いつか、母さんみたいに治療の魔法が使えるのかもしれない。

僕はリュックを背負って立ちあがる。妹が先に進んでいるのだもの。僕だって、止まってられない。

「出発の時間だからね」

「じゃ、お見送りにいく！」

ルゥが階段を軽やかに下りる。頬が緩むのを感じながら、僕も後を追った。

今、僕らが住んでいるのは、王都西側の一軒家だ。元々の家から、城壁内の神殿が近くて、治安のよい場所に引っ越している。

前とは違う玄関にも、もう慣れた。

黄昏の遺跡の戦いから、すでに一年と少しが経っている。

ユミールが倒され、王国各地で起きていた迷宮の異変は収まった。鴉の戦士団の活躍で、奴隷商人の捜査も進んでいる。そうした進展を待ってから、僕らも王都へ戻っていた。

貴族による奴隷取引の実態は、主要な貴族であるヴァリス家――つまりグンターの繋がりから捜査が進み、他の貴族も連座する形で関係が明らかになっている。その中には王都のギデオンのように、権力を悪用していた者もいた。

鴉の戦士団は、あくまで迷宮調査の一団でしかない。けれど、もう功績は本物だ。影響力を増した戦士団を、王国も無視できないのだと思う。

パウリーネさん達は王女様の立場を活かして、少しずつ進言を続けた。奴隷や、それに象徴される貴族の横暴も、少しずつ変わっていっている。

現に王都の東側は、以前よりも住みやすくなったらしい。迷宮内でトラブルも減ったというし、貧しい区画にも魔石灯が設置された。

玄関で母さんが待っている。

「いってらっしゃい。次の旅は少し長いんでしょう？」

「うん。向かうのは、北の鉱山街だから……」
二、三週間はかかる長旅になるだろう。母さんは僕ににっこりした。
「神様の起こし屋さんね」

その言葉が少しくすぐったい。

開けさした玄関から風がやってきて、壁で赤いスカーフをそよがせる。父さんの遺品だ。今、その隣には二枚のメダルが飾られている。

冒険者ギルドとオーディス神殿から、それぞれ贈られたものだった。黄昏の遺跡で戦った冒険者には、勲章が授けられている。

特に遺跡へ踏み込んだ僕らは、特別なメダルを受け取った。角笛の意匠が彫り込まれた勲章は、あの戦いの証。けど僕は『英雄』や『角笛の少年』と呼ばれるより、こうして元の生活が戻ってきたことのほうが嬉しかった。

「そうだね。いってきます！」

母さんに手を振って、妹と家を出る。

何よりこうしてルゥと外を歩けることが、一番、求めていたことなのだから。

仲間との待ち合わせ場所は、王都西城壁の門だ。歩いていると、ルゥが胸の辺りをなでる。

「ルゥ、またちょっと変な感じがする？」

「うん……」

ルゥは顎を引いた。

『創造の力』、神様達に外してもらったから。そういうのが私の中に宿っていたのって、不思議で」

歩きながら空を見上げた。太陽が昇りきった朝空に、神様のことを思い出す。

オーディンでさえも持つことができなかった『創造の力』。今は天界に戻った神様達――トール、ロキ、ウル、シグリス、そしてヘイムダルが、地上に戻ろうとする力を封じている。原初の巨人が倒された今、『創造の力』は神様の管理下にあった。

一方、ユミールが遺した魔石も、あの迷宮の最奥部で厳重に封印されている。オーディンが特に強い封印を施した場所を、鴉の戦士団がさらに守る形だった。

僕らの世界に残された、宿題だ。

風が渡って、髪をなでていく。僕は金貨を取り出して、陽にかざした。

「神話も少し、変わったね」

伝説の魔物と神様達が戦った姿は、多くの冒険者の目に触れた。

だから建国の神話も変わった。

神々でも、本当に強力な魔物は倒しようがなかった。だけど人間と神様が力を合わせて、そんな魔物を打ち倒し、神話に新たな物語を付け加えた、と。

僕らはまだ神話の時代に生きている。

『これからは、神でなく、人々の時代でもある』

金貨が震えて、ソラーナの声がした。

『人もまた、神々と同じように、強大な敵に抗えるのだから』

僕は、光をまとう金貨を見つめ、目を細めた。

他の神様は天界へ戻ったから、裏面は無地で、表面にはソラーナが彫り込まれている。神様達は、『創造の力』を封じるため、天界という場所に行ったんだ。

この人は——僕が『優しい最強』を誓ったこの方は、地上に残って僕を見守り続けてくれる。

神様を〈目覚まし〉していく冒険、その手伝いという意味合いもあるだろう。でも、女神様は誓いを見守りたい、と言ってくれた。僕らの間に強い絆ができていたというのは、とても誇らしく、そして心がぽかぽかと温かくなる。

「ちょっと、寂しいけど……」

騒がしい神様達の様子を思い出すと、首をすくめてしまう。みんなからの加護は健在だけど、それでもだ。

コインからソラーナが飛び出してくる。

「ふふ！　だが神話のほうにも、まだまだ項《ページ》が増えるぞっ」

金の瞳をきらめかせて、僕を見た。

「ユミールが遺した力を滅ぼすために、より多くの神を目覚めさせ、天界へ帰すのだから」

「神様、か……」

みんなも、天界で僕らを見守っているはずだ。こっちの姿が、トール達に見えているとしたら——なんて考えていると、ルゥが両手で胸の前に拳を作る。

「しっかり暮らしてるところ、見せないとね」

ソラーナが口元をほころばせた。

「君とリオンならば、誰が見ても申し分ない」

僕は、二人と石畳を歩む。

表も裏も無地となった金貨を、思い出を確かめるみたいに、ぎゅっと握った。

「オーディンは、次の世界を創ってしまうことを狙っていたみたいだけど……もうそれはできない」

僕らはなだらかな坂を下った。女神様が口を開く。

「主神として、魔物という不安要素を完全に排除したかったのだろう。だから、次の世界の創世にこだわった。しかし、魔物が悪しきものだとしても、わたしは——成長し、知恵も力も継承する人間なら、誘惑に打ち克つと信じたい」

城門では、鴉の戦士団がすでに待っていた。人通りの中に、二台の箱馬車と、三台の荷車が停まっている。

「遅いよぉ！」

車輪の陰から口を尖らせるのは小人の鍛冶屋さん、サフィだ。次の目的地は小人達に関係する場所だから、この人達も一緒に行く。

「行先は鉱山街でしょ？　神様だけじゃなくて、小人もきっと大勢いるわ！」

僕は微笑んで頷いた。

「早く起こしにいかないとね」

神様や、その仲間達と、冒険で次々に会えていくだろう。まだ世界中で眠っている神様や、その仲間を起こしに行くことが、『神様の起こし屋』となった僕の役目なのだから。

ポーチに目覚ましの角笛《ギャラルホルン》の熱を感じる。

先頭で停まっている馬車の近くで、ミアさんとフェリクスさんも手を挙げていた。

「おう、来たねっ」

「準備は整っています。出発できますか？」

僕は出発の合図に、角笛を取り出した。特に魔力もスキルも使うわけじゃないから、ただの響きに過ぎないけれど。

角笛に息を吹き込む。

青空に鳴り渡る音色。

周りにいた人達も僕らに気づいた。

「また旅かい!?」

「気を付けてな、英雄！」

声をあげたり、拍手をしてくれたり。

黄昏の遺跡の後、迷宮探索や旅路に出発する時に角笛を鳴らすことは、冒険者の間で願掛けのようになっていた。

新しい神話と一緒に、角笛の音色も、大勢の中に生きている。

「いってらっしゃい、お兄ちゃん！」

見送りが増えていく。震えるような音の余韻を感じながら、僕は仲間と一緒に妹へ手を挙げた。

「ああ、いってきます！」

新しい冒険へ。澄み渡った空に向けて、僕は一歩を踏み出した。

《完》

あとがき

本作を手に取っていただき、ありがとうございます。作者の真安《まやす》一《はじめ》です。

一巻・二巻、上下巻のような形で、とある少年の物語をまとめることができました。

北欧神話をベースとしつつ、読みやすいファンタジーにできていればと思います。

スルトやユミール、トールなど、有名な神様や怪物を出すことができて、作者的にも満足でした。

真面目な起こし屋の少年が思わぬ力を手に入れ、かなりとんでもない冒険に巻き込まれることになりましたね。神様の起こし屋となって、仲間や神様と出会っていくのだと思います。

藤久井《ふじくい》コウ先生によるコミカライズ版も発売中ですので、リオンやソラーナを漫画で見たい、という方はぜひひそちらもご覧くださいませ。

特にリオンのアクションが必見です。ギルドやダンジョンの様子も、丁寧に描いてくださいました。

この物語が皆様の楽しい時間の一助になっていれば、幸いです。

最後ではありますが、お世話になりました方々に謝辞を。

担当のO様、本作を拾い上げて書籍化してくださった一二三書房の皆様、ありがとうございます。

四季童子《しきどうじ》先生、素敵なイラストを今回もありがとうございました。また、コミカライズ版でお世話になっております藤久井コウ先生、素晴らしいコミック版をありがとうございます。

締めくくりに、本作を手に取ってくださった読者の皆様に、改めて感謝を。

それではまた。

神の目覚めのギャラルホルン

～外れスキル《目覚まし》は、封印解除の能力でした～ 2

発　行
2023年3月15日　初版第一刷発行

著　者
真安　一

発行人
山崎　篤

発行・発売
株式会社一二三書房
〒101-0003　東京都千代田区一ツ橋2-4-3 光文恒産ビル
03-3265-1881

編集協力
有限会社マイストリート

印　刷
中央精版印刷株式会社

作品の感想、ファンレターをお待ちしております。

〒101-0003　東京都千代田区一ツ橋2-4-3 光文恒産ビル
株式会社一二三書房
真安 一 先生／四季童子 先生

Printed in Japan, ISBN 978-4-89199-940-7 C0093
※本書は小説投稿サイト「小説家になろう」（http://syosetu.com/）に
掲載された作品を加筆修正し書籍化したものです。